Marianne Kern
Oktober 89

Die Irrfahrt der Königin Elissa

Fawzi Mellah

Die Irrfahrt der Königin Elissa

Gründerin Karthagos

Aus dem Französischen
übersetzt von Hans Thill

Eichborn Verlag

Für beide *Mèriem*,
meine Lebensfreude;
sie verdanken Elissa so vieles . . .

CIP-Titelaufnahme der Deutschen Bibliothek
Mellah, Fawzi:
Die Irrfahrt der Königin Elissa, Gründerin Karthagos : Roman
/ Fawzi Mellah. Aus d. Franz. übers. von Hans Thill. –
Frankfurt am Main : Eichborn, 1989
ISBN 3-8218-0187-5

Die Übersetzung aus dem Französischen wurde unterstützt
durch die Gesellschaft zur Förderung der Literatur aus Afrika,
Asien und Lateinamerika e. V. in Zusammenarbeit mit dem
Institut für Ausländerbeziehungen.

 Umschlaggestaltung: Uwe Gruhle.
Gesamtherstellung: Fuldaer Verlagsanstalt GmbH.
ISBN 3-8218-0187-5
Verlagsverzeichnis schickt gern:
Eichborn Verlag, Sachsenhäuser Landwehrweg 293,
D-6000 Frankfurt 70

Denn in seiner Brust vermeinten sie das Brausen der wilden See zu hören, und in seinen Augen schimmerte der Widerschein des mystischen und ewigen Horizonts, die nie ersterbende Sehnsucht, die das Meer bei allen hinterläßt, die an seinen Küsten geboren werden und ins Binnenland ziehen. Seine Seufzer waren schwül wie die Passatwinde im Hochsommer, die einen leichten Duft von Seetang mit sich bringen, der an den Strand getrieben wurde.

Yukio Mishima, *Geständnis einer Maske*[1]

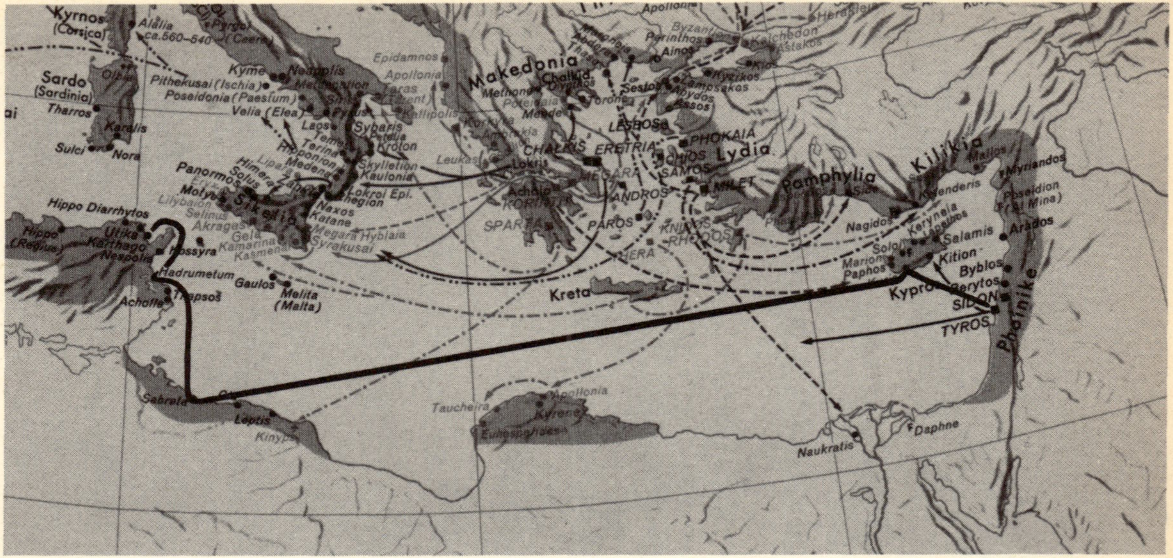

———— Weg von Elissa: Tyros – Zyern – Sabrata – Hadrumetum – Karthago

Statt eines Vorworts

Dieses Manuskript hat eine lange Geschichte. Ein ehrenwerter Übersetzer – und ich behaupte, einer zu sein – würde es als unredlich ansehen, Ihnen diesen Text vorzulegen, ohne zuvor von einer Reihe erstaunlicher Zufälle zu sprechen, deren Verkettung ihn endlich in Ihre Hände geraten ließen.

Ich werde mich kurz fassen, urteilen Sie selbst:

»... im Jahre 1874 wurde Monsieur de Sainte-Marie, Diplomat beim französischen Generalkonsulat in Tunis, von der *Académie des inscriptions et belles-lettres* mit einer Mission eher epigrammatischen Charakters betraut. Er sollte Denkmäler mit punischen Inschriften suchen. Sie waren für den *corpus inscriptionum semiticarum* (eine offizielle Sammlung semitischer Texte) gedacht, dessen Veröffentlichung bevorstand. Diese Mission war mit Erfolg gekrönt. Ausgrabungen, welche von August bis Dezember 1874 in der Region auf halbem Wege zwischen Byrsa und dem Meer unternommen wurden (etwa an der Stelle, wo heute die Eisenbahnlinie von Tunis nach La Marsa verläuft), brachten beinahe zweitausendzweihundert Stelen aus punischer Zeit zutage, die in der Mehrzahl eine Widmungsinschrift für die Götter ›Tanit und Ba'al Hammon‹ und außerdem zahlreiche Symbole trugen. Diese Denkmäler wurden nach Frankreich eingeschifft, das Schiff versank jedoch mitsamt der Fracht an der Hafeneinfahrt von Toulon. Ein großer Teil der Stelen wurde wieder aus dem Wasser geborgen. Dank der Abdrücke, die vor der Reise auf Veranlassung des Ausgrabungsleiters genommen worden waren, konnten alle kopiert werden ...«[2]

Ja, aber was der unglückliche Monsieur de Sainte-Marie nicht wissen konnte (er ist nämlich tot, zusammen mit seinen Fundstücken ertrunken) und was Madame Hours-Miédan (von der das obige Zitat stammt) entgangen zu sein scheint, ist die Tatsache, daß sich zweihundertfünfzig der verlorengeglaubten Stelen im Besitz meiner Familie befinden. Wie sind diese Steine zu uns gelangt? Gott allein weiß es. Dafür kann ich mit Sicherheit sagen, daß sie unser Haus mit Beschlag belegt und meine Kindheit vergällt haben.

Versetzen Sie sich in meine Lage: Diese Stelen nahmen nicht nur jeden verfügbaren Raum ein (die Zimmer, den Salon, die Veranda, den Garten, ja sogar die Küche ...), sie haben mir auch noch meinen Großvater weggenommen. Tatsächlich glaubte dieser Mann, mehr als ein Drittel seines Lebens diesen Steinen widmen, sie entziffern und ins Arabische übersetzen zu müssen ... Eine Aufgabe, die so schwierig und undankbar war, daß sie schließlich in ihm das wenige an Zuneigung und Aufmerksamkeit zerstörte, das er mir schuldete. So ist das einzige Bild, das mir heute von ihm bleibt, ein hinfälliger Greis, der kurzsichtig an seinen stummen Steinen klebt, eine Lupe in der Hand ...

Der Tod allein wagte es, diese Quälerei zu unterbrechen (mein Großvater sah sie als eine Mission!). Bevor er ging – ich war damals gerade zwanzig Jahre alt – mußte ich ihm allerdings schwören, daß ich sein Werk fortführen würde: »Diese Stelen«, sagte er, »haben ihr wahres Rätsel noch nicht preisgegeben. Sie bergen schreckliche Geheimnisse. Ich habe die Hypothese aufgestellt, daß auf ihnen eine langer Brief steht, den die Gründerin von Karthago, Königin Elissa, an ihren Bruder Pygmalion, den König von Tyros, geschrieben hat. Du mußt meine Arbeit weiterführen. Entziffere diese Stelen und ordne sie. Bringe sie zum Sprechen, laß dich nicht davon abbringen ... Versprich mir das ...«

Dann starb mein Großvater. Und wieder nahmen mir diese Steine allen Raum. Trotz der Schwierigkeiten, trotz meiner Unerfahrenheit und Unkenntnis in Dingen der Vergangenheit, mußte ich mein Versprechen halten. Heute, nach zehn anstrengenden Jahren, nach unzähligen Tagen und Nächten, die ich meinem Leben, meinen Vergnügungen und meinen Freunden entzogen habe, ist die Arbeit endlich getan. Trotz aller Mühen und Strapazen bleibt mir doch eine kleine Befriedigung: Die Hypothese meines verstorbenen Großvaters ist wahrscheinlich richtig. Die Stelen haben wirklich den Brief einer Frau an ihren Bruder zum Inhalt. Deshalb zu behaupten, es handele sich um Elissa und Pygmalion ... Nichts gibt uns das Recht, dessen sicher zu sein, aber andererseits gibt uns auch nichts das Recht, es zu widerlegen. Man kann es vermuten.

»Se non é vero, é bello« sagen die Italiener; lassen wir es gelten …

Einige Worte noch über die Schwierigkeiten, Zweifel und »Kunstgriffe« Ihres ergebenen Dieners: Ich muß gestehen, daß ich nicht nur einfach übersetzt habe; sicherlich werden Sie das dem Text anmerken. Angesichts des Schweigens gewisser Stelen, angesichts des sehr schlechen Zustands, in dem sich der Stein befand, alarmiert von der Kurzsichtigkeit meines Großvaters (dieser konnte die Wörter nicht mehr entziffern und ließ sich dazu hinreißen, sie einfach durch andere zu ersetzen), mußte ich eingreifen. Hier und dort waren Leerstellen auszufüllen, ein Übergang zu erfinden, eine Wendung zu korrigieren, eine Linie zu verstärken, ein Attribut abzuschwächen, ein Verb zu ändern, ein Satz wegzunehmen … kurz, wenn man jede einzelne Änderung berücksichtigt, so mußte ich den Text eigentlich neu schreiben. Allerdings – das wird mir jetzt bewußt – habe ich die Dinge so entschieden und erfolgreich zurechtgerückt, daß ich nicht mehr ehrlich sagen kann, dieser Brief sei von Elissa; er ist auch ein bißchen von mir! Jeder Übersetzer kennt diese Versuchung. Es ist nicht einzusehen, weshalb ausgerechnet ich von ihr frei sein sollte. Außerdem ist Gott mein Zeuge, daß ich mein Bestes gegen diese häßliche Neigung getan habe.

Um konsequent seriös zu bleiben, hätte ich vielleicht meine Einfügungen graphisch von dem absetzen sollen, was von Elissa stammte. Ja, ich habe daran gedacht. Aber zum einen hätte der Verleger diesen hybriden und nur schwer zu setzenden Text abgelehnt, zum anderen muß ich leider zugeben, daß ich nach so langen Jahren der Konzentration das Übersetzte nicht mehr vom Erfundenen trennen kann.

Aber das ist nicht die Hauptschwierigkeit. Ein *technisches* Problem hat sich als noch viel komplizierter erwiesen: Vorausgesetzt, es war tatsächlich Elissa, die diesen Brief vor achtundzwanzig Jahrhunderten (!) geschrieben hat, dann muß man feststellen, daß unsere *unglückselige Dido* (so nannten sie Vergil und Dante, was Gott ihnen verzeihen möge!) es nicht für nötig hielt, ihre »Seiten« (wenn man bei einem in Stein gehauenen Text überhaupt von »Seiten« etc. sprechen kann) zu numerieren, oder gar in »Kapiteln« zu ordnen. Der einzige Hinweis, den sie anzudeuten geruhte, bestand in der Tatsache, daß sie ihren Text zu fünf »Abteilungen« gruppierte, welche aus jeweils fünf »Abschnitten« bestanden. (Fünf mal sieben = fünfunddreißig ... fünfunddreißig Jahre! Ich bin versucht zu glauben, daß dies das Alter unserer guten Königin zur Zeit der Gründung von Karthago war.) Die königliche Unbekümmertheit Didos stürzte, wie sie sich denken können, Ihren treuen Diener in die allergrößte Verzweiflung! Lange Nächte brachte er darüber zu! Um mich aus der Affäre zu ziehen, hätte ich nur einen Spezialisten konsultieren müssen, irgendeinen Forscher, Historiker, Professor oder gleich das Kollegium der Lehrbeauftragten der Universitäten von Tunis, Paris, Beirut oder Genf ... und ich gestehe, daß ich mit einer solchen Lösung liebäugelte, allzugerne vertraut man sich heutzutage den Spezialisten an, statt selbst nach einer Lösung zu suchen.

Schließlich machte ich allein und ohne Führer weiter, beschloß zu meinem Trost, daß keine Ordnung den anderen vorzuziehen sei, weil jede (außer der von Elissa gewollten) mehr oder weniger frei erfunden war. Ich habe also die »Abteilungen« und »Abschnitte« nach Licht und Dunkelheit, nach eigenen Launen und Vorstellungen geordnet ... Mein Großvater wäre mir nicht böse: Immerhin habe ich mein Versprechen gehalten. Er könnte mir keine Vorwürfe machen, denn da wir es mit Willkür zu tun haben, ist diese imaginäre Ordnung ebenso richtig wie jede andere. Sie finden das oberflächlich? Vielleicht, aber ist Oberflächlichkeit nicht das Los jedes menschlichen Unternehmens? Also, wieso sollte das meinige diesem Schicksal entgehen? Wenn Sie damit einverstanden sind, lesen Sie dieses Manuskript in der Ordnung, die ich mir ausgedacht habe; wenn nicht, dann blättern Sie es nach eigenem Gutdünken durch. Wichtig ist nur, daß der Brief Elissas entziffert wurde, auch wenn Ihr Diener der Königin beim Sprechen etwas nachgeholfen hat ...

Ich hätte noch einiges zu sagen über die französischen Ausgrabungen in Karthago, den Schiffbruch von Monsieur de Sainte-Marie, die Arbeit meines verstorbenen Großvaters und das Buch von Madame Hours-Miédan, aber man sollte ein Vorwort nicht ausufern lassen.

Damit mein Großvater auf diese Arbeit stolz sein kann.
Armer Monsieur de Sainte-Marie ...

F.M.
Tunis im November 1987.

I

Die Flucht

Bruder,

alles um mich ist fremd: Diese purpurne Dämmerung, die dem Meer entsteigt, diese undeutliche Erinnerung an Schreie in Tyros, dieser Scheiterhaufen aus Sandelholz, den ich vor dem Osttor des Palasts errichten ließ und um den das Volk sich schon drängt, mein unerfülltes Versprechen, am Tag meiner Opferung einen afrikanischen König zu heiraten, und dieser Brief, den ich nicht an Euch richten wollte und der Euch dennoch erreichen wird.

Hier sieht niemand den Lauf der Dinge voraus. Die Priester, die Senatoren, die Soldaten, die Kaufleute und meine Gefährtinnen schlafen noch. Sie werden am hellichten Tag aufwachen und sich dann zurechtmachen für die Hochzeit ihrer Königin. Gestern haben die Mädchen ihre Seidenkleider hervorgeholt, ihre Satinblusen, den Schmuck aus persischem Gold, den Puder aus silbriger Ambra, das Öl aus süßer Mandel, welches die Augen schön macht. Die Priester haben unseren Kult reformiert: Wir sprechen nicht mehr die vielen Gebete, sondern nehmen sie in einen Gesang hinein. Die Soldaten ließen sich in die Kunst des Bodens und die Technik des Pflügens einweihen. Und die Kaufleute haben nun endgültig eine Münze geprägt. Die Flucht, das Meer und das Umherziehen reizen sie nicht mehr, auch nicht das Schaukeln des Schiffes und der Singsang der Ruderer. Sie sind jetzt soweit, daß sie Land wollen, ein Stück festen Boden, einen Horizont, der von einem Hügel begrenzt wird. Sie sind erschöpft von der Irrfahrt, die ich ihnen aufgezwungen habe, sie haben sich diese Heirat so sehr gewünscht, weil sie dachten, damit wäre ein für allemal meiner wilden, sagenhaften Irrfahrt ein Ende gesetzt ebenso wie der Feindseligkeit unserer eingeborenen Gastgeber, und so haben sie sich nicht einmal die Zeit genommen, mich zuvor nach meinen eigenen Plänen zu fragen. Die Ankündigung meiner Heirat genügte, um die Strapazen dieser langen Reise wegzuwischen ...

Bei unseren afrikanischen Gastgebern war dagegen eine vage Unruhe aufgekommen: Sie waren verärgert über die Art, wie meine Gefährten ihren Häuptling am Tag unserer Ankunft zum Narren gehalten hatten, und so fanden sie es befremdend und untragbar, daß er als Grundherr eine Königin des Meers zur Frau nahm. Hiarbas, ihr Häuptling, wußte die Unruhe seiner Männer in Schranken zu halten. Er beschloß, in ihr eine Ungeduld zu sehen, wie sie solchen Vereinigungen oft vorausgeht. Er hielt es für angebracht, seine Leute vorzubereiten, indem er unsere Doppelzüngigkeit rechtfertigte. In Wirklichkeit war unsere List plump und die Gastgeber wußten das genau: Als die kleine afrikanische Versammlung mir erlaubt hatte, an Land zu gehen, fragte ihr Anführer Hiarbas sofort, auf welchem Stück Land wir unser Lager aufschlagen wollten. Ich bettelte um eine Fläche so groß wie eine Ochsenhaut! Er gewährte sie mir. Da töteten meine Priester ein prachtvolles Tier, und meine Soldaten breiteten die braune, in Streifen geschnittene Haut aus. Die Riemen bedeckten den ganzen Hügel, der den kleinen Hafen überragt! Die am Fuß der kleinen Anhöhe versammelten Afrikaner waren empört. Aber sie verstanden auch, daß ein asiatischer Ochse nichts weiter als ein Symbol darstellte, ein abstraktes Zeichen, während ihr Ochse ein Tier aus Fleisch und Blut war. Ihre erste Erfahrung mit der Doppelzüngigkeit der Menschen von der See. Gleichwohl schienen sie weder unsere Possen zu schätzen, noch unsere paradoxe Neigung, das Animalische zwar abzulehnen, aber Tieren doch den Rang von Symbolen für die menschliche Ordnung zu verleihen. Offenbar paßte ihnen unser Ochse nicht. Während in unseren Augen Schlange, Adler, Wölfin, Rind und Widder mehr darstellen als nur einzelne, konkrete Wesen, während diese Tiere für uns abstrakte und universelle Figuren sind, die menschliche Träume und Alpträume zu symbolisieren haben, war in den Augen unserer Gastgeber diese Manie, Tiere mit Leidenschaften auszustatten, wahrhaft eine Entgleisung des Geistes und der Wahrnehmung. Sie zogen es vor, die Dinge zu sehen, anstatt sie sich vorzustellen. Und unsere Gewohnheit, die Wahrheit der Wesen von ihrer Wirklichkeit zu unterscheiden, schien ihnen kein gutes Zeichen. Außerdem wollten sie nicht, daß wir uns auf ihrem Boden niederließen. Mehr aus Abneigung als aus Unwissenheit hüten sich die Völker vor Vermischung und Verschmelzung ... Utica war nicht sehr weit (kaum ein paar Tage zu rudern), also warteten unsere Gastgeber ungeduldig darauf, daß wir ihr Gebiet wieder verlassen und den alten phönizischen Hafen aufsuchen würden, den unsere Vorfahren, schon damals auf der Flucht vor einem Massaker, ein wenig weiter nördlich aufgebaut hatten.

Fürchteten diese vorsichtigen Afrikaner unsere Schliche, unsere Herrschsucht, oder hatten sie eher Angst, sich anzustecken mit dieser Krankheit, dort Zeichen zu lesen, wo ihre Augen lediglich reelle Wesen sahen? Ich weiß es nicht. Es trennen uns so viele Wörter, es fehlen uns so viele gemeinsame Vorstellungen und Bilder, wir können nichts austauschen. Der einzige Handel, der uns verbindet, betrifft diesen Zipfel Erde, den man uns für ein paar Stoffe überließ, für ein paar Töpfe Purpurfarbe und eine Handvoll Silberstücke.

Der Vorfall mit dem Ochsen, die List meiner Priester und das Kalkül meiner Kaufleute scheinen im Moment vergessen, wenn nicht verziehen. Der Hügel aber, den wir uns erschlichen haben, wird nach diesem Ochsen benannt werden, als Mahnung, daß bei der Gründung eines jeden Königreiches eine Illusion Pate steht[3].

Obwohl es zwischen ihnen keine erklärte Feindschaft gibt, wollen sich meine Leute und die Gastgeber offenbar nicht vermischen. Wir werden lange Zeit keine gemeinsame Geschichte haben, es sei denn, ein Unglück bringt uns zusammen ... Wenn mich meine Vorahnung nicht trügt, dann wird man uns bald die Hinterlist nachsehen, mit der wir uns hier niedergelassen haben, weil sich etwas ereignet hat, das die Gastgeber mit denselben Augen sehen wie meine Leute. Heute werden die Afrikaner die Braut ihres Häuptlings und mein Volk seine Königin verlieren.

Ich weiß nicht, was Hiarbas seinen Männern gesagt hat, um seinen Heiratsantrag zu rechtfertigen und für sie annehmbar zu machen. Meine Priester, Senatoren und Soldaten wurden eingeladen, mit ihm zu verhandeln, niemand hat mich über die geschlossenen Vereinbarungen informiert. Nur gerüchteweise wurde mir bekannt, daß sein Volk versucht hat, ihn von seinem Vorhaben, mich zur Frau zu nehmen, abzubringen. Ich weiß nicht einmal, welche Gründe diesen afrikanischen Krieger bewegt haben, sich über die Wünsche seiner Gemeinschaft hinwegzusetzen und die Vereinigung mit einer umherziehenden Königin zu suchen, der Witwe eines asiatischen Priesters. Aber seine Gründe sind auch nicht wichtig, denn die sinnlose Flucht, die ich meinem Volk seit unserem Aufbruch von Tyros aufgezwungen habe, kann nun ihr Ende finden. Dieses oder jenes ... Bei Morgengrauen wird die Trauung vollzogen, eine Vereinigung wird freilich nie stattfinden. Ich werde mich opfern, noch bevor mich dieser Mann berührt. Als mein Gatte wird er nichts gegen die Existenz meines Volkes auf seinem

Boden unternehmen können. Und so wird meine Gemeinschaft hier in Würde und Sicherheit erhalten bleiben, wie es der Bund der Ehe bestimmt. Wer weiß denn heute, ob dieses afrikanische Volk nicht schließlich doch nachgibt, berauscht von unseren mannigfaltigen Zeremonien, von der Lust, die Dinge zu benennen, ohne sie zu sehen, und ein Weib zur Gottheit oder Monarchin zu wählen? Die siebenundzwanzig Jungfrauen, welche ich auf Zypern entführt habe, um meiner Besatzung eine Nachkommenschaft zu sichern, könnten einen richtigen Bräutigam finden, vielversprechender als meine armen Priester und meine schäbigen Kaufleute. Dann wäre die letzte Etappe meiner Flucht eine Vermischung, wie ich es mir so sehnlichst wünschte (denn es ist ein Charakterzug der Seevölker, daß sie sich mit anderen vermischen): Sie würde meiner Flucht einen Sinn verleihen.

Was mich angeht, so wird dieser Eintagsgatte, den mein Volk mir zugewiesen hat, nicht behaupten können, er habe sich zwischen mich und Acherbas gestellt, meinen einzigen Liebhaber, jenen Gatten, den mir Eure Habgier genommen hat. Ich werde fortgehen, bevor sein Bild wegen einer neuen Verbindung verblaßt.

Offenbar muß ein Monarch sterben, damit seine Gemeinschaft überlebt. Ich habe dieser primitiven Regel im voraus zugestimmt, weil sie immer und überall die Legitimität der Fürsten begründet hat. Von Anbeginn meiner Flucht war ich entschlossen, mich diesem Prinzip zu beugen, so hart es auch sein mag.

Seid Ihr bereit, Bruder, Euch diesem grausamen Prinzip im Namen Eurer Krone zu beugen, auch wenn es Euch den Kopf kostet?

Ach, ich höre die Ausrufer von Tyros und Sidon das absurde Ende einer phönizischen Königin verkünden. Wenn mein Brief nächstes Jahr nach seiner langen Reise über das Meer bei Euch angekommen ist, dann wird kein Blutfleck bei der Zeremonie zu sehen sein, die Ihr zum Gedächtnis Eurer auf afrikanischem Boden verstorbenen Schwester abhalten laßt. Werdet Ihr mich für verrückt halten, obwohl Ihr mich doch in diese Gegend vertrieben habt? Die Kaufleute, die Euch als Priester und Herren dienen, werden das gerne glauben. Sie werden es glauben müssen. Ihr habt Acherbas ermordet – Euren Onkel, meinen Gatten und den Wächter über unseren Kult –, und niemand wird auf die Idee kommen, Euch deshalb anzuklagen. Im Gegenteil, ein Mord darf Macht begründen. Daß Ihr aber mit diesem Verbrechen die Krone der Ithoba'al[4] an Euch gerissen habt – die mir als der älteren Schwester zustand –, das kann Euch nicht nachgesehen werden. Die wahren Herren des Reichs haben es vorgezogen, Euch Euren frevelhaften Verirrungen zu überlassen. Sie alle sind mir gefolgt. Als wir das Meer überquerten, konnten sie ihren Gedanken nachhängen und sich ausmalen, welche schrecklichen Folgen dieser brutale Übergang von der Frauenherrschaft zur Männerherrschaft in Zukunft haben wird. Sie hatten Zeit, Berichte über die Gründung von Königreichen und Dynastien zu lesen, und sie haben die Gründe für deren Niedergang begriffen. Sie sind zu dem Schluß gekommen, daß der Sturz des Matriarchats und die Arroganz des Patriarchats den Phöniziern große Katastrophen bescheren werden. Sie wissen so gut wie keiner, daß ein Weibchen bewahrt, schützt, vermehrt und vereint, während das Männchen verteidigt, zerstreut und den Einflüsterungen der Eitelkeit und der Gewalt nachgibt. Also haben sie beschlossen, die Gründung unserer neuen Stadt mit dem Antlitz zweier Frauen zu verbinden: Tanit[5] und Elissa. Darüber werdet Ihr Euch vor Wut verzehren! Ich weiß es. Aber unsere Priester und unsere Senatoren haben Höheres im Auge als Euren Ruhm. Indem sie ihre Stimme für Autorität und Macht der Frauen abgaben, zeigten sie, daß ihre Sorge weniger den Fürsten gilt, als dem Überleben und der Stabilität unserer Gemeinschaft.

Ich weiß, Ihr werdet im nächsten Jahr Euren Hof zusammenrufen, um diesen Brief zu verlesen, platzend vor Ironie und Eitelkeit. Ich weiß, Ihr werdet an jedem einzelnen Wort kleben, um einen Hinweis auf meinen Wahn herauszuquetschen, ein Anzeichen, daß ich verrückt bin. Siebenundzwanzig Jungfrauen auf Zypern zu entführen … zu behaupten, daß eine Ochsenhaut so groß wie ein Hügel sei … einen armen afrikanischen König zu heiraten und sich am Hochzeitstag zu opfern ... In der Tat Einfälle, die kaum mit der Weisheit in Übereinstimmung zu bringen sind, die man Regierenden zuschreibt. Die ganze Versammlung wird über mich lachen, und ab und zu wird ein Speichellecker aufheulen. Mancher wird Euch bitten, eine Expedition gegen mich und mein neues Reich auszurüsten und anzuführen. Ich wette, Ihr habt schon daran gedacht! Besser noch, ich wette, Ihr werdet zur öffentlichen Verlesung dieses Briefes bestimmte Frauen aus Tyros zulassen. Ladet auch Eure Gattin Astarbe ein, beobachtet sie aufmerksam während der ganzen Zeremonie: Ihr werdet ihr nicht einmal ein Lächeln entlocken! Eure sarkastischen Bemerkungen über mich wird sie nicht lustig finden. Sie hofft nämlich, eines Tages selbst den Thron zu besteigen, auf dem Ihr noch sitzt. Deshalb muß sie Eure Ausfälle über die Unfähigkeit der Frauen entgegen ihrer eigenen Überzeugung ertragen. Sprecht sie auf meinen angeblichen Irrsinn an, und eine unbestimmte Sehnsucht wird ihren Blick verklären, sie wird bedauern, daß ihre Schönheit in Euren Armen erloschen ist ... Ich weiß, daß sie versucht hat, Euch zu vergiften, eines Tages wird es ihr gelingen[6]. Von den anderen Tyrierinnen wird keine zu Eurer Versammlung kommen. Keine wird Euch den Wahn entgegenschleudern, den Ihr auf mich schieben wollt. So werde ich allein Zeugnis für mich ablegen, allein für mich sprechen. Ich bringe vor, daß ich das Testament meines Vaters besitze, in dem er mich als Erbin seiner Krone einsetzte. Nur wegen der Unerfahrenheit Eurer Senatoren könnt Ihr also lügen. Denn ihrer Meinung nach darf man von vornherein alle wahnsinnig schelten, die nicht vor Eurem Thron in die Knie gehen. Euch bleibt die Einsamkeit des illegitimen Monarchen vorbehalten, und damit habt Ihr in ihren Augen jegliche Autorität verloren.

Ach, wie gelegen kommt der Wahnsinn den Fürsten!

Der Wahnsinn ist nur die Kehrseite der Macht, beide Ungeheuer wurden erschaffen, um einander zu nähren, einander aufrechtzuerhalten und miteinander im Streit zu liegen. Schaut, wie sich alle Fürsten die Dienste von Wahnsinnigen sichern: Würden sie sich so heftig an sie klammern, wenn sie nicht wüßten, daß ihre Verwandtschaft, ihre Gemeinsamkeit in der Maßlosigkeit liegt? Schaut, wie alle Völker den Wahnsinn ihrer Könige nachäffen: Würden sie das tun, wenn sie nicht der Auffassung wären, daß Machthunger nur eine Spielart des Irrsinns ist?

Manche Volksstämme gehen bei der Wahl ihres Oberhaupts sogar so weit, Spiele zu organisieren, um die wahnsinnigsten unter den Bewerbern herauszufinden. Man hat mir erzählt, daß man in entfernteren Landstrichen den auswählte, der am längsten auf glühenden Kohlen sitzen konnte. In anderen Gegenden nahm man den als König, der allein und unbewaffnet alle Gefahren des Urwalds zu meistern vermochte. Es kommt vor, daß diese Spiele so grausam sind, daß man keine Kandidaten mehr findet. Männer, denen eine solche Prüfung und damit ein todbringendes Amt droht, verstecken sich im Unterholz. Man jagt sie, denn einen möchte man dazu zwingen, daß er die Krone annimmt! Und wenn man endlich des Unglücklichen habhaft geworden ist, fesselt man ihn lebenslänglich an den Thron ... Für diese Völker besteht Weisheit also darin, sich vor der Ausübung der Macht zu bewahren, während Wahnsinn bedeutet, ihre Zwänge zu ertragen.

Diese Sagen, die vom Fluch der Macht und ihrer offensichtlichen Verwandschaft mit dem Wahnsinn zeugen – nicht wahr, sie kommen Euch seltsam vor? Diese Mythen, welche die Gewalt in ihr Extrem treiben, um zu zeigen, daß sie todbringend und irrsinnig ist –, ich weiß, sie scheinen Euch absurd. Ihr seid zu eitel, um solche Erzählungen zu schätzen, und Ihr seid zu finster, um Euch die Dienste eines Wahnsinnigen zu sichern.

Lieber wollt Ihr den Wahnsinn aus Eurem Palast, aus Eurem Reich vertreiben, und Ihr merkt nicht, daß er auch Euch unter seine Fittiche genommen hat ...

Täuscht Euch nicht, wir waren nicht traurig oder ängstlich auf unserer Flucht. Sie zehrte an unseren Kräften, aber wir empfanden auch Begeisterung, sogar Fröhlichkeit. Stellt Euch vor: Oft lachten wir über meine Streiche gegen Euren Stolz ...

Am Anfang waren die in meiner Gloriette versammelten Senatoren überzeugt, daß eine Versöhnung möglich sei, trotz Eures Mordes an meinem Gatten. Ihr Hauptanliegen war das Fortbestehen des Hauses Ithoba'al und sein guter Ruf. Das Überleben unserer Dynastie ging ihnen über alles, sie waren schließlich bereit, Euch alle Flausen zu vergessen (wenn nicht zu verzeihen). Weiß gekleidet, wie es sich für eine trauernde Königin schickt, hörte ich ihnen zu. Sie lasen mir jüdische Prophezeiungen vor und ... ein Traktat chinesischer Astrologie, welches Euch in der Gestalt des Hundes und mich in der des Büffels beschreibt. Während ich bei den entsetzlichen Schilderungen des Buchs der Juden wie ein Kind zitterte, mußte ich lachen, als ich mir vorstellte, welche Figur Ihr machen würdet, wenn das stimmte, was die Chinesen mit Eurem Zeichen in Zusammenhang bringen: »... Wächter des Jenseits ... scheinbare Unterwürfigkeit ... ständige Bußfertigkeit ...« Dieses Traktat stattete mich mit der Ausdauer und Standfestigkeit eines Büffels aus, was hinwiederum die Senatoren heiter stimmte. Und sie lobten mich, als hätte ich selbst die Wahl getroffen, unter diesem Zeichen auf die Welt zu kommen. Sie schlugen vor, wir sollten uns auf dem Thron des Vaters abwechseln! Die geraden Jahre wäre ich an der Reihe (auf diese Weise würde das Königreich in den Genuß der Gewißheit und Sicherheit des Büffels kommen). Die ungeraden Jahre wärt Ihr dann an der Reihe (und wir würden eintauchen in das Reich des Leids und der Buße, das dem Hund zugehört, auch das hat sein Gutes ...).

Die Idee belustigte mich. Ich räumte ein, daß ein Wechsel der Herrscher und mithin der Empfindungen und Gefühle, welche sie an ihre Untertanen weitergeben, von Vorteil sei. Diese Diarchie schien mir um so vielversprechender, als sie gewährleistete, daß sich ein Mann und eine Frau auf dem Thron abwechseln würden. In der Ruhe meiner Gloriette, fern dem Geschrei von Tyros, schien mir plötzlich alles möglich. Die Senatoren und Soldaten bedrängten mich, beinahe hätte ich ihnen nachgegeben. Aber der gegenteilige Plan wurde verwirklicht, denn in diesem improvisierten Seminar, das eine ihrer Güter beraubte Prinzessin, Senatoren in Lebensgefahr, ausgeschlossene Priester und meuternde Soldaten vereinte, sprachen wir zwar über Hund und Büffel, Diarchie und jüdische Weissagungen, aber jeder dachte nur daran, mit wieviel Schmerz uns Euer Stolz und Eure Habgier überhäuft hatten. Langsam aber sicher reifte eine andere Idee: aus Eurem Reich fliehen und von weitem beobachten, wie sich die jüdische Prophezeiung erfüllen würde, denn wir wußten, daß sie nicht abzuwenden war.

Ich ersann eine List, die ich meinen Männern nicht verschwieg. Manche stimmten begeistert zu, andere hielten sie für zu gefährlich. Als dann Botschafter zu Euch kamen, die Euch unsere bedingungslose Kapitulation überbrachten, mußtet Ihr die Nachricht mit Freuden aufnehmen: Alles sah so überzeugend aus! Überdies bot ich Euch ein Schiff voll Gold aus Gades[7], persischen Perlen und Ambra aus Damaskus ... (Dasselbe versprach ich all jenen, die noch zögerten, mir zu folgen!) Wir rüsteten zehn Boote aus, die uns zu Euch nach Tyros bringen sollten, aber wir stachen Richtung Sonnenuntergang in See. Die Zauderer fragten erstaunt: »Tyros liegt im Süden, weshalb nehmen wir Kurs nach Westen?« Meine Autorität hatte nicht ausgereicht, sie von dieser Route zu überzeugen, also machte ich mir die Angst in ihren Herzen zunutze: Ich ließ zehn schwere Säcke über Bord werfen und tat so, als seien darin die Geschenke, welche ich Euch versprochen hatte ... Die Fluten verschlangen die Sandsäcke, und die Angst schwemmte die Zweifel meiner Gefährten fort.

Wir beschlossen, bis Zypern zu segeln.

Als ich sie bald darauf für meine Gerissenheit um Entschuldigung bat, lachten die Männer herzlich und machten Witze, wie lange Ihr wohl vergeblich auf den Schatz warten würdet. Sie versuchten sogar, sich Eure Wutanfälle vorzustellen, dachten sich die nachfolgenden Racheakte aus. Jeder von ihnen kannte Eure Grausamkeit, denn jeder hatte sie am eigenen Leib erfahren.

Ich dagegen machte mir von Euch überhaupt keine Vorstellung mehr. Die ersten Meeresfluten hatten alle Erinnerung in mir ausgelöscht, sogar die an Euer Gesicht. Ich hatte nur einen Traum bewahrt, der mir eines Nachts im Palast von Tyros gekommen war.

Auf ihn werde ich noch zu sprechen kommen ... vielleicht ...

Eine Hundertschaft Männer begleitete mich, ich

war die einzige Frau an Bord. Zu behaupten, ich hätte einen festen Plan gehabt, wäre eine Lüge. Die Augen an die Pastelltöne der Dämmerung im Osten geheftet, die Erinnerung bewohnt von den letzten Schreien meines Gatten, wirr in meinen Träumen und Erinnerungen, so stand ich der violetten See zugewandt und dachte nur noch an unsere Irrfahrt. Allein die Flucht schien mein Schicksal. Ich beschloß, mich ihren Wechselfällen anzuvertrauen. Sie sollte durch menschliches Streben nicht verfälscht werden, sondern ohne festes Ziel bleiben.

Mit Hilfe unserer Vettern auf Zypern hätte ich Tyros zurückerobern können, aber das schien mir weder nützlich noch wünschenswert. Im Verein mit Ägypten gegen Euch zu marschieren, war mit meiner Unabhängigkeit nicht vereinbar. Von Hadrumetum[8] oder Utica aus ein neues Königreich zu gründen, war nicht meine Sache. Allein die Irrfahrt reizte mich. Der Titel einer umherziehenden Königin, den mir die Senatoren verliehen, gefiel mir. Er entsprach meinem Gefühl, daß die See mich rief. Er entsprach meinem neuen Widerwillen gegen festen Boden, die Beständigkeit der Bäume, die scheinbare Unantastbarkeit der Paläste. Das Meer führte mich in ein Königreich ohne Grenzen. War ich denn nicht Abkömmling eines Volkes von Seeleuten, welche die Monotonie der Hügel mit Widerwillen sahen? Dieser veränderliche, sprunghafte Status einer umherziehenden Königin versöhnte mich mit der unsteten Herkunft der Phönizier. Welcher Herr aus meinem Gefolge hatte diesen Titel gefunden? Welcher Eingebung war er gefolgt? Wie war er darauf gekommen, die Geschichte meiner Vorfahren, ihren Hang zum Umherziehen in zwei Worten, einem Bild aufzufangen? Er konnte ihn doch nirgends gelesen haben! Wir, die Erfinder der Schrift und des Alphabets, haben unsere Legenden nämlich nicht aufgeschrieben. Dieser Herr hat seinen Titel wahrscheinlich in der aufblitzenden Freude gefunden, die sich in meinen Augen ausbreitete, als der Anker gelichtet wurde.

Ich sorgte mich noch nicht um die Zukunft der hundert Männer in meinem Gefolge. Wir bildeten damals noch keine Gemeinschaft, und in ihren Augen war ich nur eine Prinzessin auf der Flucht. Jeder von uns floh vor seinen eigenen Alpträumen und suchte Schutz vor seinen Ängsten. Allein Euer grauenhaftes Andenken vereinte uns auf diesen Schiffen aus Zedernholz. Sieben Jahre Eurer Zwangsherrschaft, sieben verschwendete Jahre, hatten Tempel, Versammlungen, Märkte gegen Euch aufgebracht. Alle Würdenträger nahmen an meiner Irrfahrt teil. Priester, Senatoren, Soldaten und Kaufleute. Es war der ganze Staat, den ich mit mir nahm! Auf meinen Schiffen hatte ich das Material, mit dem die Fürsten Nationen aufbauen. Dennoch wollte ich diese Leute nicht für ein bestimmtes Vorhaben vereinen. In meinen Augen waren sie nicht mehr Priester, Soldaten und Senatoren, sondern schlicht und einfach Flüchtlinge. Sie hatten keine andere Funktion, als zu fliehen und umherzuirren. Auf solche Fundamente baut man keine Nation.

Des Nachts – und die Nächte sind eigenartig lang auf einem Schiff –, wenn die Musikanten uns die Tore der Träume und Leidenschaften öffneten, wenn Flöten und Lauten zu einem herzzerreißenden Gesang luden, ließ ich jeden zur einsamen Seite des menschlichen Abenteuers vordringen. Erst das Morgengrauen riß uns aus diesem süßen Taumel, der unser individuelles Trachten im Geheimnis der Musik verschmelzen ließ. Wir erwachten dann aus einem Schlummer, obwohl wir nicht geschlafen hatten. Aber zu welchem Schicksal?

Wir wußten, daß der Weg nach Zypern sicher und kaum stürmisch war. Die Ruderer kannten ihn, und die Strömungen erwiesen sich als gelehrig. Sieben Tage würden genügen, um uns zu unseren Vettern zu bringen. Eine Woche würde also dieses Gegenüber von Ängsten und Hoffnungen dauern. Unser umherziehender Staat, unser provisorisches Königreich würde sich, so dachten wir, im Hafen von Zypern in Wohlgefallen auflösen. Wir würden uns dann zerstreuen, jeder würde sich seiner Aufgabe widmen: Manche würden zu ihren Gebeten zurückkehren, andere zu neuen Verschwörungen gegen Euch, die Händler schließlich zu ihren unterbrochenen Geschäften.

Was mich betraf, ich hatte keinen Plan, kein Vorhaben, mir blieb nur die Flucht. Gleich nach der Landung in Zypern wollte ich eine Entscheidung treffen.

Bei unserer Ankunft auf der Insel lernte ich, wieviel Gerücht in jeder Nachricht steckt. Man wußte schon, daß Tyrier ankommen würden, vermutete finstere Absichten. Man fürchtete ihre Landung und bereitete sich auf Übergriffe vor ... Gegen diese unberechenbaren Tyrier bewaffnete sich jeder Zypriote mit seinem Gerücht. Und welch eigenartigen Charakter haben diese Inselvölker: Jede Insel verführt ihre Bewohner dazu, sich abzuschotten, Gerüchte und Eitelkeiten zu pflegen. Ich hasse Inseln! Habt Ihr beobachtet, mit welcher Überzeugung jede von sich behauptet, sie sei einzigartig, ein Stück vom Paradies? Naiv wie ich war, glaubte ich, eine Insel würde ihre Leute zum Aufbruch, zur Erweiterung ihres Horizonts treiben. Das Gegenteil ist der Fall, immer bewirkt sie, daß ihre Bewohner sich einigeln, umgibt sie mit einem Mantel aus Stolz und Heimlichtuerei. Kennt Ihr eine Insel, deren Bewohner nicht von sich behaupten, sie seien ein Abbild der Götter? Kennt Ihr eine Insel ohne Legenden? Die Gegensätze zwischen Nomaden und Seßhaften scheinen belanglos, verglichen mit denen zwischen Insulanern und Festlandsbewohnern ...

Von unseren Vettern keine Spur. Statt eines herzlichen Empfangs unter Verwandten nur Willkommensgrüße, argwöhnische Herzlichkeiten und gute Ratschläge, welche Route nach Hadrumetum am besten einzuschlagen sei ... Zypern wollte mich nicht. Kann es sein, daß Ihr die Zyprioten vor meiner Ankunft gewarnt und überredet hattet, mich abzuweisen? Wie sollte ich mir sonst diese kalten Entschuldigungen erklären, die Abwesenheit meiner Vettern, die Weigerung, mich an Land gehen zu lassen? Kann es sein, daß ein umherirrender Staat anderen solche Angst einjagt? Die kleine Empfangsdelegation erlaubte uns nicht, zypriotischen Boden zu betreten, erklärte sich aber bereit, Priester und Kaufleute aufzunehmen. Soldaten und Senatoren wollte man nicht, auch nicht die Königin. Der Friede zwischen Tyros und Zypern erschien ihnen unsicher, man wollte Euch keinen Vorwand für eine Invasion liefern ... Lange und nutzlose Palaver hielten uns auf der Brücke meines Schiffes fest – und Ihr wißt, wie geübt unsere Leute in der schwierigen Kunst der Geschwätzigkeit sind! Kein Zugeständnis konnte diesen Insulanern entrungen werden, deren höfliche Starrköpfigkeit legendär ist. Ich bat, man möge mir erlauben, meine Vettern zu besuchen: Sie waren bei einem rituellen Fischzug weit von der Insel entfernt ... Ich drohte, mich mit den Ägyptern zu verbünden: Meine Verhandlungspartner zeigten sich völlig unbeeindruckt von solchen diplomatischen Schachzügen ... Ich schob die Übermüdung meiner Ruderer vor: Man versprach mir eine ganze Armee von Ruderern ... Ich sagte ihnen, daß ich die einzige Frau inmitten einer Hundertschaft von Soldaten und kraftstrotzenden Herren sei: Man bot mir siebenundzwanzig Jungfrauen ...

Meine Begleitmannschaft teilte sich. Manche (die Zauderer beim Aufbruch) schlugen vor, nach Tyros zurückzukehren und dort vor Euch um Gnade zu flehen. Andere (darunter viele Kaufleute) wollten mich verlassen und allein ihren Weg nach Gades fortsetzen; keiner der Priester wollte ihnen folgen. Ein paar Senatoren sprachen den Wunsch aus, zu warten. Noch hatten sie die Hoffnung nicht verloren, daß bei den Zyprioten Gefühle der Gastfreundschaft aufkommen könnten. Dem schlossen sich die Soldaten an, setzten aber eine Frist.

Ich hörte allen gleichermaßen zu, während ich versuchte, die mich überkommende Gleichgültigkeit zu verbergen. Außer der Rückkehr nach Tyros schien mir alles gleich sinnvoll. Und es war nicht Übermüdung, was in mir alles einebnete, sondern immer noch die Flucht. Von neuem lockte mich die Flucht wie ein Geliebter. Während all dieser langen Palaver schaute ich aufs Meer, ich war seinem Zauber verfallen, folgte seinem Ruf. Aber wie sollte ich das meinen Männern sagen? Wie sollte ich ihnen die Notwendigkeit eines weiteren Aufbruchs schmackhaft machen, die Dringlichkeit einer nutzlosen Reise?

Hatte ich ihnen überhaupt Rechenschaft abzulegen? War es denn meine Pflicht, sie zu beschützen? Wenn sie wirklich die Reise beenden wollten, brauchten sie nur an Land zu gehen. Ich hätte keinen Versuch unternommen, sie zurückzuhalten ...

Nein, ich hätte es doch versucht!

Ich fürchtete nämlich nicht so sehr die Auflösung der Gruppe, aber wir hätten Euch damit ein idiotisches Argument geliefert; Ihr hättet nämlich darin die Bestätigung gesehen, daß es für Tyrier kein Heil außerhalb Eures Reiches gibt. Das war, wir Ihr Euch sicher erinnert, eine fixe Idee der Ithoba'al: kein Friede für den Menschen außerhalb seines Vaterlandes. Und dieses Prinzip, das eher ein Aufschrei des Heimwehs ist denn eine vernünftige Überlegung, begann den Willen meiner Gefährten heimtückisch zu bearbeiten. Angesichts der Feindseligkeit Zyperns waren sie im Begriff, sich nach Tyros zurückzusehnen. Gegenüber ihrem neuen Status als Fremde verklärten sie im Moment das Andenken an ihre Rechte als Staatsbürger, wie niederträchtig und ungerecht Euer Staat ihnen auch erscheinen mochte. Aber wenn ich heute daran zurückdenke (jetzt, da ich über das Meer gefahren bin, um zu sterben, jetzt, da der Scheiterhaufen bereit ist, meinen letzten Beitrag für das Gemeinwohl zu bekunden, den letzten Gruß, den ich meiner Gemeinschaft entbiete), so weiß ich, daß diese von einem Seemann aus Heimweh erfundene Maxime nicht das Vaterland als ein festes Territorium meint, nicht den Palast, die Städte und Dörfer. Unsere Vorfahren konnten nicht so denken, denn sie waren der Faszination des Ozeans erlegen, sie lebten auf ihm, er war ihre unstete Behausung. Unsere gute Maxime meint die Gruppe, nicht den Boden. Auch hatte ich in dieser zufälligen Gesellschaft von Tyriern auf der Flucht das Gefühl, nicht weniger in Tyros zu sein, als Ihr in Eurem Palast. Von den launischen Gezeiten Zyperns gewiegt, hin und her geworfen von dieser Brandung mit ihren unberechenbaren Wellen, fühlte ich mich dennoch in Tyros, weil ich unter Tyriern war. Davon hatte ich meine Gefährten zu überzeugen, ich mußte in ihnen meine neu erwachte Liebe zur See wecken und das Heimweh aus ihnen vertreiben. Die Starrköpfigkeit der Zyprioten half mir dabei. Ich war nun nicht mehr als einzige von diesem Patriotismus ohne Land und Horizont beseelt, denn viele meiner Männer empfanden allmählich dasselbe. Die Feindseligkeit der Zyprioten trug also dazu bei, meine Horde zu einer Gemeinschaft zusammenzuschweißen. Ein Gefühl der Gemeinsamkeit entstand, und es war nicht mehr nur negativ: Es gründete sich nicht mehr nur auf jenes Mißtrauen, das wir Euch gegenüber empfinden, sondern auch auf unseren Drang, Phönizien außerhalb von Phönizien zu gründen. Und sei es nur auf Schiffen, die vom Zufall der Wellen getragen wurden.

Ohne barsch zu werden, beendeten wir die Verhandlungen mit den Zyprioten. Wir dankten unseren Gastgebern für die guten Ratschläge. Wir gaben ihnen zu verstehen, daß Ihr in Eurer Heimtücke eine Strafexpedition unternehmen könntet – schließlich war Tyros nicht weit. Jetzt faßten manche Zyprioten den Entschluß, uns zu folgen. Wir beschlossen, gemeinsam die Reise fortzusetzen, außer einigen Kaufleuten, die mit hiesigen Familien verbunden waren. Ich sollte sagen *eine* Reise, denn nichts konnte ihren Verlauf festlegen, nichts konnte ihr ein Ende setzen, wenn überhaupt eine Reise eines Tages enden kann.

Wir studierten die Routen nach Westen. Die Ruderer schnitzten neue Riemen aus Eichenholz. Die Priester reinigten die heiligen Steine, jene *abbadirs*[9], die ich immer bei mir trage. Ich versammelte die siebenundzwanzig Jungfrauen, von nun an Gefangene meiner Irrfahrt, und warnte sie vor der übereilten Wahl eines Gefährten. Ich bat um die außerordentliche Gunst, nur für ein paar Augenblicke meinen Fuß auf festen Boden setzen zu dürfen. Bevor ich mich den mächtigen Winden der See überließ, wollte ich ein letztes Mal mit meinen Händen durch trockene Erde fahren und unsere zauberhaften, zarten Hügel berühren. Wie einst in Sidon und Gebal wollte ich den Duft der Zitrone und des Orangenbaums ernten, des Feigenbaums und des Granatapfels, den Duft von Hibiskusstrauch und Johannisbaum. Ich hatte den Wunsch, wie damals bei unseren Kinderfesten, unter der Zeder zu tanzen und mich an einer Zypresse zu reiben. Mit den Stichen der Kaktee meine Haut zu röten und mir die Wangen mit Eukalyptusblättern zu liebkosen. Vom unbegreiflichen Gesang der Grille fortgetragen zu werden und mich im frivolen Geflüster der Zikade zu verlieren. Ich wollte unwillkürlich den Flug der Schwalbe nachempfinden und mich vom phantasielosen Weg der Ameise in die Irre führen lassen. Ich wollte die unabänderliche Architektur des Bienenstocks nachzeichnen und über die Geduld seiner Bewohnerinnen staunen.

Ein letztes Mal sehnte ich mich nach dem Land …

Der älteste Priester schnitt mir das Haar, es war das erste Mal, daß ich es kurz trug. Er wickelte das Knäuel in ein kostbares Tuch und versprach, daraus eine Standarte zu machen. Niemand wollte genaue Angaben über die Reise, aber immerzu forderte man von mir, ich solle ihr einen Sinn geben. Ich sagte, daß der Name unseres Vaterlandes, *Phönizien*, vom rätselhaften Vogel *Phönix* abzuleiten sei, und wie dieser würde es aus der Asche neu erstehen ...

Die Zyprioten sahen mit Freude, daß wir wieder in See stachen, und meine Schiffe nahmen Kurs nach Westen.

Dieses schwimmende Königreich, das ich zu regieren hatte, bestand also aus siebenundzwanzig Jungfrauen, vierzig Senatoren, sechzig Soldaten, fünfzehn Priestern, zehn Kaufleuten und etwa fünfzig Ruderern. Wir nahmen genügend Lebensmittel mit, um bis Sabrata[10] durchzuhalten. Außerdem Seltenes aus dem Orient (Stoffe aus Damaskus, Pupurfarben, persische Ambra, Zedernholz, Zinn, Kupfer, Silber ...) und unsere unvergleichliche Fähigkeit zur Navigation mit Hilfe der Sterne, die Kunst zu rechnen und Münzen zu prägen, die Dinge zu benennen, Gottheiten einzuordnen, Kinder zu lieben und zu opfern, demütig im Tempel und stolz in den Geschäften zu sein ... Bis auf weiteres würde das genügen. Allerdings wollten sich meine Gefährten damit nicht zufriedengeben. Das Meer und die Erinnerung waren ihnen zu wenig. Sie wünschten, daß die Irrfahrt einen Sinn bekam. Eine Reise ohne erkennbares Ziel wollten sie noch hinnehmen, aber zumindest einen Sinn sollte sie haben.

Mehr erwarteten sie nicht?

Das wußte ich noch nicht, allerdings schuldete ich ihnen ein Zeichen, ein Versprechen. Und mein Geist, der nie die menschliche Neigung verstanden hatte, in den Dingen eine Bedeutung zu suchen, sollte nun darstellen, worin sich ein solcher Sinn offenbaren konnte. Meine umherirrenden Staatsbürger wollten offenbar nur unter dieser Bedingung meine Autorität und Macht annehmen.

Zierlich, das Haar im Nacken kurzgeschoren, bekleidet mit einem schlichten Leinengewand, sprach ich selten zu meinen Gefährten. Ich begnügte mich damit, sie zu beobachten, und manchmal befragte ich den Horizont, was ihre Blicke ersehnten: Sabrata? Hadrumetum? Utica? Gades? Unbewohntes Land? Das Meer, nichts als das Meer? Meine Gefährten redeten. Und beim Würfelspiel schrien sie laut, darüber vergaßen sie ihre Gebete. Je weiter wir uns von Tyros entfernten, desto weniger sprachen sie von Euch. Je weiter uns das Meer Richtung Sonnenuntergang trieb, desto heftiger gaben sie sich ihren Sehnsüchten hin. War es das Vergessen, das in ihnen schon sein Werk vollbrachte? War es jene Unterwerfungslust, die unsere Leute angesichts der unbekannten See an den Tag legen können?

Pläne kamen auf, ehrgeizige Vorhaben: Manche wollten in Hadrumetum an Land gehen, den Senat dieses Hafens mit dem von Utica zusammenbringen und ein westphönizisches Königreich gründen. Andere wollten bis Gades vorstoßen, sich im Umkreis der Goldminen ansiedeln, den Staat Staat sein lassen und unter den schützenden Fittichen des Handels reich werden. Wieder andere fanden Warentausch und öffentliche Angelegenheiten abstoßend, sie sahen allein im gottgefälligen Leben auf unkultiviertem Land eine Zukunft.

Ihr an meiner Stelle hättet gedacht, daß die Entscheidung dem Fürsten zukommt. Was für ein dummer Gedanke! Euer Hang zur Tyrannei macht Euch für den Irrtum empfänglich, als Herrschender sei man eine Art Künstler der Entscheidung. Nein, mein königlicher Bruder, die Fürsten entscheiden nichts, und das verlangt auch niemand von ihnen. Sie sind zu nichts anderem da, als ihren Untertanen einen Sinn zu verleihen. Und wenn ein Souverän sich aus lauter Eitelkeit anschickt, etwas zu entscheiden, dann sollte er auch gleichzeitig sagen, daß jetzt das Gewöhnliche seine Handlungen lenkt und nicht der reine Wille. So gehen Königreiche zugrunde und das mit Recht. Es genügt, daß eine Gemeinschaft in ihrem Fürsten die Hierarchie der Symbole wiederfindet, die sie für ihr Überleben benötigt. Ein guter Souverän ist nicht, wer seinen Staatsbürgern das Handeln abnimmt, sondern wer ihnen zuvorkommt und auch manchmal folgt, indem er ihnen den Spiegel vorhält, damit sie sich darin wiedererkennen können. Hierin liegt das ganze Geheimnis der Macht, so übt man die Gewalt aus, mit der die Menschen ihr Oberhaupt ausstatten. Bevor unser Onkel Acherbas mein Gatte wurde, erteilte er mir Lektionen in Demut. Er verstand es, mich auf meine Stellung als Königin vorzubereiten. Ihr habt damals eitle Spiele wie das Bogenschießen und die Vogelquälerei vorgezogen. Ihr habt lieber Treibjagden in den Wäldern von Gebal veranstaltet, es schien, als wärt Ihr nur an Wildschweinen, Pferden und Aphrodisiaka interessiert. Die Regierungsgeschäfte, so dachten wir damals, waren Euch nicht wichtig, denn nur der irisierende Glanz staatlicher Pracht schien Euch zu locken. Das glaubten Mattan und Acherbas. Und unser Vater war glücklich, als er sah, wie gut sich alles ergab: Ich hatte das Erstgeburtsrecht, und Euch fehlte der Sinn für die Krone. Er redete sich ein, kein Streit könnte seine Nachfolge stören, weil die Gesetze des Reichs mich zur Königin machten, während jene der Natur Euch, meinen jüngeren Bruder, zu einem Lebemann formten, der wenig Neigung zur Macht verspürte. Unserer Familie schien das ganz harmonisch. Diese schöne und gute Übereinstimmung zwischen den Gesetzen von Tyros und denen der Natur ließ ein ausgewogenes Gleichgewicht zwischen den beiden Kindern von König Mattan erwarten ... Was haben wir uns vorgemacht! Oder ließen wir uns von deiner Durchtriebenheit täuschen? Waren es vielleicht eher die Illusionen von König Mattan, der wie jeder Souverän gerne glauben wollte, daß die Prinzipien seines Reiches der Natur direkt entnommen waren?

Wenn aber die Natur das Gleichgewicht schuf, hat der Mensch dann nicht die Leidenschaft hinzugetan?

Ich mußte nicht lange warten, bis ich mich auf meinem eigenen Schiff davon überzeugen konnte. In der Tat brach der erste Streit etwa zehn Tage nach unserem Aufbruch von Zypern wie ein Unwetter über uns herein. Wieder stand Harmonie gegen Leidenschaft: Des Würfelns überdrüssig, waren Soldaten und Senatoren in einem Streit geraten, bei dem es um die Wahl einer Gefährtin oder Ehefrau ging. Ihr könnt Euch vorstellen, wie gut dieser Händel meinen siebenundzwanzig Jungfrauen gefiel! Sie sind Orientalinnen, schnell zur Liebe bereit, leichtfertig in ihren Bindungen, stolz auf die Eifersucht der Männer. Die Dinge arteten aus, es formierten sich Gruppen, meine Besatzung spaltete sich. Siebenundzwanzig Weibchen für eine Hundertschaft ungeduldiger Männchen ... Ihr könnt es ausrechnen: drei Männer für eine Frau! Was für eine frivole Mathematik, die uns nahelegte, die Polyandrie einzuführen!

Die Priester mischten sich in den Streit, was die Dinge hinieden niemals einfacher macht. Sie versuchten, in der Theologie Antworten für die drängende Manneskraft meiner Leute zu finden. Die Theologie blieb stumm, ein so merkwürdiger Sonderfall war nicht vorgesehen. An Frauenüberschuß und Polygamie gewöhnt, stammelten nun meine Priester etwas von neuen Lösungen, die sie aber gleichzeitig in vertraute Argumente zu kleiden versuchten. Die Jungfrauen sahen den wunden Punkt und machten sich einen Spaß daraus, so zu tun, als verstünden sie die spirituellen Probleme der Glaubensmänner nicht; sie brachten die Debatte immer wieder auf niedrigstes Niveau, stellten unschickliche Forderungen, verlangten Geschenke und Liebesschwüre. Kaufleute und Ruderer, die sich bis jetzt zurückgehalten hatten, forderten plötzlich auch ihren Anteil ehelicher Segnungen. So zerbrach das Gleichgewicht, das bisher meine Expedition auszuzeichnen schien, es drohte unter dem Ausbruch von Leidenschaften und Interessen zu explodieren.

Allmählich verdammte ich dieses Geschenk der Zyprioten. Mich reute, daß ich die Jungfrauen mitgenommen hatte. Von der Gegenwart dieser siebenundzwanzig Mädchen ging ein Gestank nach Gift und Schwefel aus. Aber sie waren nun einmal da. Lebendig und lebhaft. Tanzend, lachend, weinend, seufzend ... Sie verstanden es, die Träume meiner Männer auf sich zu ziehen, und es bereitete ihnen Freude. Sie machten sich noch schöner, noch begehrenswerter und schillernder. Sie hüllten sich in farbigen, raschelnden Taft, als wollten sie Auge und Ohr gleichzeitig auf sich lenken. Sie zeigten sich auf der Brücke, deuteten laszive Tanzschritte an. Sie flohen unter Deck, sobald ein Mann sie berühren wollte. Die eher Kühnen parfümierten sich mit Ambra und entblößten etwas Bein. Die eher Gerissenen komponierten Lieder, die hinter einem scheinbar unschuldigen Text schmachtende Nächte und wollüstige Zärtlichkeiten in Aussicht stellten. Die etwas Älteren (kaum artiger!) gingen sogar so weit, daß sie ein Schmuckstück annahmen, sich wohl hütend, dafür eine Nacht zu versprechen. Die etwas

Jüngeren (kaum naiver!) übten sich darin, einen Mann nach der Anzahl der Ringe an seinen Fingern zu bewerten. Die etwas Sanfteren (auch solche gab es!) blieben still und taten, als warteten sie auf die große Liebe. Die etwas Grausameren brachten die Männer so weit, daß sie ihre Ungeduld hinausschrien. Und alle waren begierig, mich in diesen unlösbaren Konflikt hineinzuziehen, bei dem die Begierden des Körpers den Befürchtungen des Geistes entgegenstehen, das Gleichgewicht der Natur den menschlichen Leidenschaften. Das ganze affige Getue dieser Frauen, das laute und lüsterne Zurschaustellen ihrer Reize, gemahnte mich einer Tatsache, die ich bisher nicht sehen wollte: Es ist nicht der Körper, der sich in uns ängstigt, es ist unser wahnhafter Widerwille, daß wir nur ein Haufen Fleisch sein könnten, Nerven, Adern und Blut, eine willkürliche Mischung aus Instinkten und Trieben. Ich wollte diese wesentliche, diese fleischliche Seite aller Geschöpfe nicht wahrhaben, verließ mich nur allzu gern auf das vage, unwahrscheinliche Wunder, daß Geist und Kultur die Sinne bezähmen. Offenbar machte ich mir etwas vor. Unbestritten hatten diese Jungfrauen in meinen Männern Leidenschaften geweckt und brachten mir so die unumgängliche Wirklichkeit der Begierden zu Bewußtsein. Sie lehrten mich das Gegenteil von dem, was ich wissen wollte. Sie brachten mir bei, daß der Geist zwar lügen konnte, indem er sich nur auf sich beschränkte, daß aber keine Lüge der Explosion des Fleisches anhaftet. Diese Frauen erinnerten mich an die Wirklichkeit der Leidenschaften, sie würden mich mit hineinziehen, dessen waren sie sich sicher.

Die Priester waren nun nicht mehr in der Lage, dem Streit von sich aus ein Ende zu setzen. Sie wollten etwas mit Glaube und Gebet regeln, was von Instinkt und Lust bestimmt ist. Schlimmer noch, sie wollten den Konflikt verwischen, ihn umgehen, einen alltäglichen Zwischenfall aus ihm machen, ein Vorkommnis ohne Bedeutung. Ich war mit ihrer Vorgehensweise nicht einverstanden, auch teilte ich ihre Neigung nicht, jeden Widerstreit der Interessen als tödliche Gefahr anzusehen. Ich hatte Erfahrung im Regieren von Menschen gesammelt, und so sah ich den Konflikt und seine Tragweite selbstverständlich unter einem anderen Aspekt als die Priester, ich war nicht so kopflos wie sie. Deshalb ließ ich zu, daß die Männer sich nach ihrer Meinung und ihren Interessen aufteilten. Ich verstand, sie wollten ihren unterschiedlichen Wünschen Ausdruck verleihen. Um keinen Preis aber konnte ich zulassen, daß ein individueller Antrieb aufkam und die Gemeinschaft als Ganzes mit sich riß (wieder stand Gleichgewicht gegen Leidenschaft ...). In unserer Sache mußte man also zwischen den Wünschen vermitteln und nicht ihre Unterdrückung fordern. Meine Priester waren zu esoterisch und zu umständlich, um mit einem Blick zu erfassen, aus welchen einfachen und komplizierten Elementen eine Gemeinschaft aufgebaut war. Sie sahen die Gruppe nicht so, wie sie wirklich war, sondern immer nur im Einklang mit ihrem Plan. Ich dachte mir diese Nation auf Irrfahrt nicht zurecht, ich lebte sie. Ich hatte keinerlei Meditation nötig, um sie zu begreifen, ich spürte sie.

Weil es mir darauf ankam, den Konflikt offen darzustellen, statt ihn zu umgehen, ließ ich einige Tage lang zu, daß sich der Streit noch verschlimmerte. Sobald alles Gift verspritzt war und man auf den Schiffen eine Selbstversenkung fürchten mußte, wollte ich die Priester von ihrer Aufgabe entbinden (was nicht ohne Verletzung abgehen würde) und sie beschwören, die Auseinandersetzung nicht mit unangebrachten Appellen zu verschleiern. Ich rief die feurigsten Männer und die seriösesten Frauen zusammen, hielt ihnen lange und gelehrte Reden über die dringliche Notwendigkeit, eigene Begierden zugunsten des Überlebens der Gruppe zu zügeln, über die Gefahren der Polyandrie und den zu erwartenden Zorn der phönizischen Götter über dieses jähe Ansteigen menschlicher Instinkte ... Ich gab mich als Beispiel: Königin und Witwe, lebte ich seit dem Mord an meinem Gatten in Keuschheit. Ich sagte ihnen, daß ich erst fünfunddreißig Jahre alt war und doch taub gegenüber den Forderungen des Fleisches ... Obwohl mein Volk weise Darlegungen liebt, wobei es sich gern durch Abstraktion und eine eitle Weise der Darstellung vom Dargestellten ablenken läßt, mußte ich hier nun feststellen, daß mir niemand zuhörte. Ich zog also ein anderes Register und erzählte ihnen chinesische Geschichten, in denen das männliche und das weibliche Prinzip säuberlich voneinander getrennt waren, zum Besten der ganzen Welt; ich rief ihnen unsere alte Legende von der Schlange und dem Apfel in Erinnerung, von der Versuchung, mit der das Schicksal den Wert eines Wesens erprobt und das Gute vom Bösen scheidet. Ich versuchte sie abzuschrecken, sagte ihnen, daß man, altem jüdischem Aberglauben zufolge, bei Vollmond Zärtlichkeiten meiden sollte und auf hoher See kein Kind empfangen dürfte ... Ich wollte Zeit gewinnen bis Sabrata, den Konflikt also nicht lösen, sondern verschieben.

Meine Zuhörer lachten zuerst und baten mich dann inständig, das Unvergleichliche nicht zu vergleichen: »Euer Körper«, sagte mir ein Senator, »stellt keine gewöhnliche Hülle dar, die von Begierden durchzogen und geplagt wird, wie der unsrige. Er ist nicht aus Fleisch und Blut. Er ist das königliche Behältnis. Ein souveräner Körper, bestehend aus Prinzipien, Normen, Bildern und Symbolen. Euer Körper gehört Euch nicht, ebensowenig gehören ihm seine Herzschläge und Blutstöße. Er ist mehr als nur fleischliche Hülle, er ist Sitz der Gemeinschaft, Zeichen für ihre Lebendigkeit und ihr Geschick. Man darf ihn nicht mit dem unsrigen vergleichen, der eine solche Last nicht zu tragen hat ...« Und ein Soldat erläuterte diese Argumente an einer Vielzahl von Beispielen aus dem Wortschatz des Volkes: »Spricht man nicht vom

Staats*körper*, vom *Kopf* einer Regierung, den *Organen* der Macht, dem *Herzen* eines Landes, dem bewaffneten *Arm* eines Volkes, der *Lunge* einer Stadt ...« Diese Vorliebe, sich anatomischer Begriffe zu bedienen, um das Leben der Völker zu beschreiben, war keineswegs nur auf die Armut der Sprache oder eine Neigung zur Metapher zurückzuführen. Meine Zuhörer versicherten: »Diese Manie spricht für sich, sie zeigt, wie eine Nation den Körper ihres Fürsten sieht, was sie aus ihm herausliest. In seinem Körper verkörpert sich die Gemeinschaft. In ihm durchtränkt sie sich mit Heiligem. In ihm sieht sie ihre Lebenskraft oder ihren Niedergang. Um ihn kristallisieren sich ihre Ängste. Gegen ihn lebt sie ihre Empörung aus. Auf ihn überträgt sie ihre magischen Kräfte ... Und der unglückliche König, dessen Knochengerüst mit so vielen Zeichen beladen ist, kann sich ihren Forderungen nicht entziehen. Er muß seine eigenen Triebe vergessen. Der Fürst ist kein lustvolles Wesen, er ist ein Ordnungsprinzip ...« Sie wandten all ihre Überzeugungskraft auf, um mir diese, in ihren Augen so banale, Wahrheit nahezubringen, untermauerten sie mit hundert Beispielen für das doppelte Wesen des königlichen Körpers, der gleichzeitig gehaßt, vergöttert, versteckt, ausgestellt, geheiligt, entweiht, gefürchtet und beneidet wurde ... und sie beendeten ihren Kniefall, indem sie mich inständig baten, mich niemals wieder mit meinen Untertanen zu vergleichen.

Diese mit großer Beredsamkeit vorgetragene Argumentation konnte mich nicht erschüttern; und doch beschloß ich, mich nicht auf die drei Pfeiler der Macht zu stützen, als da sind: Gewalt, Gesetz, Gebet. Ich bat um Bedenkzeit, was ohne Zögern gewährt wurde. Alle sahen ein, daß eine jähe Rückkehr zur Polyandrie in einer patriarchalischen Gemeinschaft nicht das Ergebnis übereilter Entscheidungen darstellen dürfe, wenn man überhaupt eheliche Sitten dekretieren konnte. Sie wußten, daß es schmerzhafte Eingriffe und Verletzungen mit sich bringen würde, wenn wir unsere Sitten plötzlich auf den Kopf stellten. Ich zeigte den Männern, daß sie gar nicht in der Lage waren, eine solche Reform anzunehmen, weil sie an dem Vorrecht zu hängen schienen, sich ihre Gefährtin selbst zu wählen. »Dieser seit langer Zeit in euch eingravierte Stolz kann nicht mit einer Reise allein weggewischt werden ...« Ich sagte den Weibern, daß ich große Angst vor List und Verführung hatte ... Und während ich meine weisen Überlegungen vor ihnen ausbreitete, lächelten die Mädchen über solche Ausflüchte. Und sie hatten recht ... Gott sei Dank kam keine auf die Idee, mich über die genauen Motive meiner Flucht aus Tyros auszufragen!

War ich denn nicht auf der Flucht vor der Verführungskraft eines Traums, vor dem gewöhnlichen Traum einer unsagbaren Liebe?

Die Mädchen lächelten, sie schauten aufs Meer, sahen die Unordnung der Wellen, träumten von einem Reich der Begierden. Die Männer wurden nachdenklich. Sie wußten, daß ich meine Liebe zur Ordnung etwas übertrieben hatte. Sie kannten mich noch als

Königin und erinnerten sich an einen gewissen Hang zur Unordnung: Das richtige Maß an Unordnung bewahrt die Gemeinschaft davor, sich bis zu ihrem Niedergang zu wiederholen, sie veranlaßt die Menschen, sich Gewalt anzutun, um sich neu zu erfinden, und sie zwingt die Nationen, den Lauf der Zeit zurückzuweisen, also immer identisch wiedergeboren zu werden, aber niemals gleich. Vor allem die Senatoren erinnerten sich an meine Phantasie: Mit welcher Hingabe hatte ich neue Paläste geplant, Brunnen, Tempel, Plätze und Märkte. Ich wünschte sie mir immer ohne sichtbare Ordnung, ohne Symmetrie oder gerade Linien, als wären sie von den Händen eines wirren, launischen Gottes geformt, eines Gottes, der entschlossen war, sich den verborgenen Regeln einer aleatorischen Ästhetik zu unterwerfen. Die Senatoren erinnerten sich an meine zahlreichen Streitereien mit den Finanzleuten und Steuerpflichtigen des Reichs, die dem Fürsten immer gerne seine Bauten und seinen verschwenderischen Umgang mit Marmor vorwerfen. Allerdings war ich überzeugt, daß die Architektur einer Stadt, mehr noch als ihre Verfassung, dem Geschick eines Volkes echten Sinn verleiht. Und ich wollte, daß die Tyrier allein durch ihren Instinkt für das Schöne an Tyros gebunden sein sollten. Ich war überzeugt, daß der Staat der Ästhetik mehr verdankte als verschwommenen politischen Prinzipien. Indem ich dafür sorgte, daß die Mauern dieser Stadt von Schönheit geprägt waren, konnte ich meine Bürger in Künstler verwandeln, die den Staat als wahrhaftes Kunstwerk bewundern und verehren würden, das heißt als ein nutzloses, unverzichtbares, künstliches Gebilde, eine Notwendigkeit reiner Kontingenz. Obwohl ich das Schöne mit solcher Heftigkeit verehrte, würde ich doch niemals der Ordnung den Vorzug geben, sofern sie nicht die unsichtbare Ordnung der Schönheit war, der sich alle Menschen instinktiv unterwerfen.

Meine Zuhörer sahen mir den gelehrten Unsinn über Ordnung und die Notwendigkeit, die Sinne zu zügeln, nach. Auf diesen im Sternenlicht umherirrenden Schiffen, in Diensten einer umherziehenden Königin, am Horizont nur die Aufteilung von siebenundzwanzig Jungfrauen, ahnten sie doch voraus, daß Euer Reich aus Mangel an Schönheit und Ästheten zugrunde gehen würde. Sie wußten, daß Eure Herrschaft in der verderblichen Zivilisiertheit der Instinkte und Sinne verwelken würde. Das machte sie mir gegenüber barmherziger. Ich war es ihnen also schuldig, Eure Fehler nicht noch einmal zu begehen. Eine schwimmende Nation kann es sich leisten, die Lust zu ihrem Fundament zu machen.

Den Priestern hatte ich die Sache entrissen, und so war es wieder an mir, Lösungen aufzuzeigen, ohne an religiöse Gefühle zu appellieren oder an eine Moral, ganz gleich welcher Herkunft. Ich stand nicht mit völlig leeren Händen da: Die Mädchen lernten, ihren Ungestüm zu zügeln, und die Männer übten sich darin, ihren Eifer zu dämpfen. Die Protagonisten nahmen meine Autorität an … und Sabrata war nicht mehr allzu weit.

Schon immer hielt ich es für gefährlich, wenn Priester nichts zu tun haben, nun mußte ich vermeiden, daß sie sich zu weit von mir entfernten. Da griff ich zu einer List (wieder eine dieser Listen, die das Meer anregt und fordert) und bat sie, ein Geburtshoroskop für die gesamte Besatzung zu erstellen, nach den Prinzipien der chinesischen Astrologie, und der Wissenschaft unserer ägyptischen Nachbarn angeglichen. Sie konnten mir diesen Gefallen nicht verweigern, schließlich gehörte das zu ihren Aufgaben. Manche machten sich doch murrend an die Arbeit; ihr Protest galt aber nicht so sehr meiner Idee, vielmehr war ihnen diese Aufgabe zu schwierig: Ein Monat voller Mühen lag nun vor ihnen. Andere gaben vor, Dokumente würden fehlen, es sei unmöglich, genaue Berechnungen anzustellen. Wieder andere bemerkten schließlich, die ganze Arbeit würde sich als nutzlos erweisen, denn bald wären wir in Sabrata, und dort würde sich unser Problem von selbst lösen.

Ich war ihre Ausflüchte schon gewöhnt, außerdem fürchtete ich, wie gesagt, ihre Untätigkeit mehr als ihre Argumente. Ich gab ihnen zu verstehen, daß der Himmel allein darüber zu entscheiden hatte, welche Verbindung zwischen den siebenundzwanzig Jungfrauen und der Hunderschaft Männer wünschenswert sei, sie bildeten ja von nun an mein Reich. Ich ließ ihnen sagen, daß unter meiner Herrschaft der alte Brauch, die Sterne zu befragen, nicht aufgegeben werden sollte. Wenn die Priester von Tyros sich weigerten, den Weg des phönizischen Schicksals aufzuzeigen, dann könnten wir nur noch unter einem stummen Himmel verzeifeln. Ich ließ sie wissen, daß Sabrata bei weitem nicht unser Zielhafen sei, sondern für uns lediglich eine Etappe darstellte. Ich rief die Protagonisten der Affäre als Zeugen gegen die Priester auf, diese verliehen ihrer Bestürzung Ausdruck, falls die Sterne nicht aus Mangel an Zeichen stumm bleiben sollten, sondern wegen der Bequemlichkeit der hierfür bestellten Interpreten. Empfänglich für die Sprache der Sterne und die Wege, die sie zeichnen, ergriffen die Ruderer für mich Partei: Sie verlangten vom Klerus, er solle seine Arbeit tun ... Ohne daß ich es gewußt oder gar bezweckt hatte, gelang es mir langsam, den ursprünglichen Konflikt aufzulösen in einen schönen, kleinen Streit über die Rolle der Priester. Diese ließen sich nicht täuschen, sie wußten nur zu gut, daß Herrscher mit einem bewährten, weil gefahrlosen Schachzug gerne die Wut ihrer Untertanen gegen den Himmel wenden, um aus der Schußlinie zu geraten. Aber gegen diese wunderbare Einmütigkeit, die ich da mobilisiert hatte, konnte mein Klerus nicht ankommen, ohne sich ins Unrecht zu setzen. Nachdem wir uns in zwei oder drei Versammlungen die schweren Seufzer anhören mußten, die unsere Priester unter ihre Palaver und Gebete streuten, waren sie dann schließlich doch bereit, mehr als hundertdreißig Geburtshoroskope zu errechnen und zu verlesen, erstellt nach der chinesischen und überprüft nach der ägyptischen Wissenschaft. Wir schlossen sie unter Deck ein, und sobald sie ans Werk gegangen waren, bat ich sie, noch zusätzlich einige Betrachtungen über die Horoskope meiner fünfzig Ruderer anzustellen ...

Die Wartezeit war interessant: Ich hatte Gelegenheit zu beobachten, wie sehr die Männer, mehr noch als die Frauen, in der Planetenstellung einen Sinn sahen, in den Phasen des Mondes, dem dominanten Element, dem Wegbegleiter, dem Tierkreiszeichen, der Berechnung des Aszendenten, der Messung der Himmelsmitte und der anderen Häuser. Die Frauen schienen dagegen nicht neugierig auf die himmlischen Parameter oder die wechselnden Kombinationen der Astrologie. Sie sangen und tanzten in der Hoffnung auf Voraussagen, die mit ihren Wünschen übereinstimmten. Ganz im Gegensatz zu den Männern, die jede im Unterdeck wogende Debatte verfolgten, schienen die Frauen an den Mühen der Priester und ihren Schwierigkeiten, den Stand des Mondes zu berechnen, gar nicht interessiert. Den Mädchen kam es nur auf das Ergebnis an. Auf welche Weise man zu ihm gelangte, hatte in ihren Augen keine Bedeutung.

Wenn die Ergebnisse der Priester sich auch nicht immer offen und klar vor uns darstellten, so waren sie doch zumindest amüsant. Urteilt selbst: Wir erfuhren aus priesterlichem Mund, daß die Chinesen entschieden von einer Verbindung des Büffels mit der Ratte abrieten, dasselbe galt für Hund und Drache, Katze und Schlange, Hahn und Ziege, Tiger und Wildschwein. Den Ägyptern folgend, versicherten meine Priester, daß die Heirat von Feuer und Wasser, Erde und Luft schlimmstes Unglück über das Haupt von Widerspenstigen herabbeschwören würde. Freilich schwächten sie ihre düstere Weissagung ab, indem sie alles von der Laune von Isis und Osiris abhängig machten ... Wir spendeten Beifall für so schöne Bilder. Ohne ihre tatsächliche Tragweite zu ermessen, begnügten sich die Männer mit diesen Berechnungen, weil sie ganz offensichtlich sehr kompliziert waren, und mit den Voraussagen, die so weise und sinnreich daherkamen. Die Frauen wollten noch mehr über ihr persönliches Schicksal erfahren. Das verweigerten die Priester: Sie sagten, man müsse sich mit allgemeinen Empfehlungen zufriedengeben und dürfe nicht bis zu den unberechenbaren Windungen eines Einzelschicksals vordringen. Sie entließen die Jungfrauen mit dem Rat, den jeweiligen Weggefährten genauestens zu prüfen ... Das gab ein Tohuwabohu! Wutausbrüche, Gelächter, Beschimpfungen, Heiterkeit! Es war noch nichts entschieden. Die Priester rächten sich ganz offensichtlich an mir, indem sie die Frage vom Gebiet der Theologie auf das der Astrologie verschoben. Sie hatten mich in der Falle. Denn wie sollte man auf diesem tosenden Meer die Ratte vom Büffel, den Hahn vom Affen, die Schlange von der Ziege zu unterscheiden lernen ...? Wie sollten wir, die Phönizier (ein

Seevolk), wissen, ob Isis und Osiris (bäuerliche Gottheiten) mit den Ernten zufrieden sein würden? Wer auf diesen Schiffen war Feuer? Wer Luft, Erde? Nutzlose Spiele von ausgekochten Priestern! Ich beschloß, sie mit Arbeit zu überhäufen. Ich ließ alle Männer und Frauen der Besatzung an ihnen vorüberziehen und verlangte, daß sie für jeden den Weggefährten und das dominante Element festlegten ...

Während meine Besatzung mit den Gestirnen, ihrer Sprache und ihren Rätseln beschäftigt war, stand ich bei Morgengrauen und Sonnenuntergang allein auf der Brücke – jene flüchtigen Augenblicke des Bruches und der Wiedergeburt, welche die Natur uns mit soviel trauriger Anmut enthüllt, und versuchte, die spontanen Regeln zu erkennen, nach denen sich meine umherirrende, kleine Gemeinschaft zu organisieren schien. Es war mir gelungen, die Jungfrauenkrise auf den Klerus abzulenken, das hatte die Autorität meines Wortes gerettet. Die Rolle der Priester war auf praktisches Wissen reduziert, von nun an würden sie sich damit begnügen müssen, die Schicksalszeichen zu lesen und zu interpretieren, ohne den Anspruch, das Geschick selbst zu lenken. Senatoren und Soldaten bildeten nun eine Gruppe, in Tyros hatte sie so vieles getrennt und gegeneinander aufgebracht, auf meiner Irrfahrt schienen sie ihre Bestrebungen vereinigt zu haben. Weil weder Gesetze zu erlassen (was den Senatoren mehr Gewicht verliehen hätte), noch Gewalt anzuwenden war (was die Gruppe der Soldaten gestärkt hätte), war es mir gelungen, sie gemeinsam außer Befehlsgewalt zu halten. Die Kaufleute waren dagegen weit davon entfernt, einen homogenen Verband zu bilden, ihnen genügte es, ihren Anteil zu beanspruchen, sobald es etwas zu verteilen gab. Oft hielten sie sich auf der Brücke auf, würfelten und berechneten Gewinn oder Verlust. Sie würden mich im erstbesten Hafen verlassen. Die Frauen waren als Gruppe am wenigsten zu fassen: Diese jungen Mädchen würden noch einige Probleme aufwerfen, das war mir klar. Auf unsere Gemeinsamkeit im Geschlecht durfte ich mich auf keinen Fall verlassen, denn sie war zu schwach. Diese Frauen waren dazu berufen, ihren Weg zu gehen, und ich den meinen. Manchmal verbündet, oft verfeindet, würden wir schließlich lernen müssen, miteinander auszukommen, denn der Ausgang dieser Reise würde von uns allen abhängen.

So war dieser umherirrende Staat im Begriff, Gestalt anzunehmen, ohne ausdrückliche Willensäußerung, ohne Vertrag, aber mit einem Gefolge aus gemeinsamen Träumen und unterschiedlichen Auffassungen, aus mehr oder weniger offenen Gegensätzen, beherrschten Gelüsten und rebellischen Begierden, unvorhersehbaren Explosionen und heilsamem Sinneswandel. Ich habe während dieser zweiten Phase der Reise gelernt, daß jede Nation eine eigenartige Mischung aus Ordnung und Erneuerung, Kontinuität und Bruch, Bewahren und Verändern darstellt. Man hat mir beigebracht, daß mir mein eigener Körper nicht mehr gehört, daß mein Volk ihn sich angeeignet hat, um ihm seine Erinnerung einzuprägen. Ich habe gelernt, Konflikte zu formen und in ihnen das zu sehen, was eine Gemeinschaft am Leben erhält. Ich habe herausgefunden, daß Priester und Frauen sich für lange Zeit feindlich gegenüberstehen würden, weil sie durch unterschiedliche Fäden mit dem Himmel verbunden sind. Ich habe auch begriffen, daß diese beiden so unähnlichen Gruppen mir niemals eine Stütze sein würden und daß von der Tatsache, ob sie streiten oder sich verstehen würden, das Los meiner eigenen Autorität abhing. Um der Stabilität des Reiches willen mußte ich dafür sorgen, daß es immer einen Zankapfel zwischen ihnen gab ... Im Augenblick schien das nicht schwierig, das wurde mir mit dem Ende der Arbeiten des Klerus erneut bewiesen. Kurz vor Sabrata, als wir Hafen und Markt schon erkennen konnten, wurden meine Jungfrauen sogar gegen meine Astrologen handgreiflich! Vom Unterdeck kam Heulen und Gezeter: Ein paar Priester hatten in ungeschickter (oder hinterhältiger?) Offenheit mindestens zehn Mädchen von der Heirat abgeraten, weil ihnen angeblich die Gestirne nicht günstig waren. Gleichermaßen aufgebracht über die ihnen drohende Einsamkeit wie auch über die Doppelzüngigkeit dieser Männer, beschlossen die Frauen, den Klerus über Bord zu werfen. Die Soldaten mußten sie zurückhalten ...

Jetzt konnte ich mich des Eindrucks nicht mehr erwehren, daß diese Priester nichts weniger wünschten als das Ende der Expedition. Gott im Himmel, ein Drittel dieser Frauen vom ehelichen Segen auszuschließen in einem Augenblick, wo meine Gemeinschaft an die Zukunft dachte!

Mit Krieg in den Eingeweiden liefen meine Schiffe in den Hafen von Sabrata ein.

II

Meer und Land

Ist ein Volk ohne Musik vorstellbar?

Das wäre ein Volk, zu dem Gott nicht spricht.

Und doch sah ich es hier mit eigenen Augen. Schüchtern, aber auch brennend vor Neugierde, drängte sich das Volk von Sabrata um meine Schiffe. Kein Lärm störte diese erste Begegnung, kein überflüssiges Wort. Meine Gefährten und ich waren überrascht von einer solchen Stille. Zum ersten Mal machten wir die Erfahrung des Anderswo und der Andersartigkeit. Es heißt, daß solche Begegnungen *Schocks* zur Folge haben, daß man zwischen geheuchelter Gleichgültigkeit oder kaum zurückgehaltener Aggressivität schwankt. Nichts davon war hier zu spüren. Wir wurden gemustert, als wollte man unsere Herkunft erraten. Man berührte uns, als wollte man unsere Bestimmung voraussehen. Aber kein Anzeichen von Kälte oder Wut. Ich sah, daß dieses Volk anders war, und sie stellten fest, daß wir nicht waren wie sie. Ihre Haut war brauner als unsere, sie hatten dunklere und glänzendere Augen. Von Gestalt ähnlich wie die Ägypter, nur ein bißchen kleiner und kräftiger, so kamen und gingen unsere Gastgeber an Bord der Schiffe, wußten nicht, wo sie zuerst hinschauen sollten, wen sie am liebsten berühren wollten. Unsere blasse Hautfarbe, unsere hellen Augen hätten sie über die Maßen beunruhigen müssen, aber sie schienen weder Angst zu haben, noch ein spontanes Zutrauen zu empfinden. Man spürte sofort, das waren keine Leute vom Meer. Die Leute vom Meer singen gerne, hier sang man überhaupt nicht. Die Leute vom Meer sind Träumer, hier schien man fest auf der Erde zu stehen und nicht in die Ferne zu sehen. Aber was mich am meisten überraschte, war, wie gesagt, das völlige Fehlen von Musik. Offenbar wußten unsere Gastgeber weder von ihrer Existenz noch von ihrer Bedeutung. Als ich ihnen auf der Flöte und Laute vorspielen ließ, waren sie einen Moment lang aufgeregt, sie gingen um die Musikanten herum und schauten nach oben, als käme die Musik von anderswo und nicht aus diesen Instrumenten in den Händen der Musikanten. Während meine Künstler irgendein phönizisches Lied vor sich hin spielten, starrten die Leute von Sabrata zum Himmel und wiegten sich im Takt; sie schauten meine Männer nicht an. Ganz offensichtlich wollten sie dort oben das Loch finden, aus dem die Musik über sie herabgegossen wurde. Und in dieser eigenartigen und doch so natürlichen Haltung, in dieser Sammlung ohne sichtbare Religiosität habe ich den Instinkt für das Schöne wiedererkannt, der alle Völker immer und überall beseelt. Diese Leute ohne Musik waren im Begriff, sich jenen Weg genau zusammenzufügen, den die Musik genommen hatte. Sie wußten also, daß Musik nicht aus Instrumenten kommt, sondern von den Abgründen des Gefühls, die

Gott den Menschen von Zeit zu Zeit einmal offenbart. Auf spontane Weise haben diese Leute verstanden, daß der Musikant selbst nur ein bescheidener Träger ist, nur ein Entdecker von Rhythmen und Harmonien, nicht aber ihr Schöpfer. Also war ein Musikant für sie genauso uninteressant wie etwa ein Lastträger für uns. Es war die Musik, die zu ihnen sprach und nicht die Instrumente. Oder, vielmehr, es war die Sehnsucht unserer Lieder, und darüber hinaus war es Gott, der durch meine Musikanten zum Volk von Sabrata sprach. Zum ersten Mal?

Ihr Entzücken war von Dauer. Bis Sonnenuntergang scharten wir uns um die Musikanten, oder, vielleicht eher, um die Musik. Unsere Gastgeber haben nicht ein einziges Mal die Künstler oder ihre Instrumente angeschaut. Sie starrten zum Himmel, den Körper ganz in sich gekehrt, ohne irgendeinen Zusammenhang herzustellen zwischen der Musik und den Männern, die sie spielten. Erst als die Musikanten erschöpft ihre Lieder beendet hatten, geruhten die Leute von Sabrata, sie zur Kenntnis zu nehmen; sie schienen sogar vorwurfsvoll, weil der Zauber nun plötzlich zu Ende war. Die Musik brach das Schweigen in ihnen.

Von nun an würde Gott zu ihnen sprechen.

Ich weiß, Ihr würdet nicht gutheißen, daß man ein Volk mit der Schönheit des Klangs bekanntmacht. Für Euch ist dieses Geschenk wieder ein Beweis für meine verrückten Einfälle und Phantastereien. Ich weiß, Ihr schätzt Musik nur zur Untermalung Eurer militärischen Zeremonien. Ehrlich gesagt, wußte ich angesichts dieser entzückten Zuhörerschaft selbst nicht recht, ob ich diesem Volk das Glück brachte oder jenes Leid, welches die Schönheit in sich birgt. Aber, Gott ist mein Zeuge, ich wollte keine Neuerung in das Leben von Sabrata bringen. Es war Zufall, reiner Zufall, daß unsere Gastgeber mit Musik in Berührung kamen. Ob sie ihnen willkommen war oder auf Ablehnung stieß, ob diese Leute in ihr die Sprache des Himmels sehen würden oder die Versuchung der Dämonen, das wußte ich nicht. Die Reisenden überschätzen gerne, was sie den Seßhaften an vorgeblichen Verbessserungen mitbringen (das ist die schlimmste unserer Eitelkeiten!). Es kann jedoch niemand voraussehen, welchen Gebrauch ein Volk von den fremden Dingen machen wird. Angenommen, diese reisenden Erneuerer würden eines Tages ihren ganzen Weg zurückverfolgen, dann würden sie das von ihnen Eingeführte nicht wiedererkennen! Hier verknetet man das Neue mit unzähligen alten Dingen, so daß es völlig entstellt scheint; dort zermahlt man es fein und immer feiner, bis es seinen Sinn verliert; anderswo behält man es einer kleinen Gruppe vor, so daß es zur Selbstgefälligkeit verkommt ... Nur aus Eitelkeit glauben wir an die große Bedeutung dieser Neuerungen. Was mich angeht, so bezweifle ich schon lange, daß unter diesen Dingen echte Verbesserungen zu finden sind. Mehr noch, ich habe niemals geglaubt, der Mensch sei zu wirklichen Erneuerungen oder Veränderungen fähig. Oft vertauschen wir nur die Worte und nicht die Wirklichkeit der Dinge. Wir begnügen uns damit, was wir verändern wollen, anders zu benennen, vielleicht weil wir unser Vokabular besser beherrschen als den Lauf der Zeit. Wenn der Mensch eines Tages ein Objekt der Erkenntnis werden sollte, so bin ich davon überzeugt, daß seine Wissenschaft schließlich aus nichts weiter als einer Untersuchung seiner Sprache bestehen wird, aller Sprachen, die er hat und derer er sich bedient. Die Geschichte der Kunst wird dann die einzige sinnvolle und nützliche Wissenschaft sein.

Irgendwann einmal hätte dieses Volk die Musik kennengelernt, auch wenn ich ihm nie begegnet wäre. Vielleicht kannte es sie schon und konnte sie nur nicht benennen, denn die Zypressen, Olivenbäume, Sykomoren, Wacholder-, Pistaziensträucher und Erdbeerbäume, welche die Hügel von Sabrata zierten, konnten doch unter der Umarmung des Windes, der hier vom Lande her weht, nicht still bleiben. Die frische Brise vom Meer und der heiße Sand des Festlands konnten doch nicht aufeinandertreffen ohne irgendein Seufzen, das wie eine Musik klang. Die Möwen, die uns den Weg zum Hafen gezeigt hatten, konnten doch nicht am Himmel von Sabrata plötzlich verstummen. Dieses Volk kannte die Klänge, aus denen man Musik macht, es kannte nur noch nicht die Komposition und … die Emotion. Da es die Musik nun benennen konnte, würde es sicher bald ihre Architektur, ihre Bedeutung begreifen.

Überwältigt von dem neuen Zauber, machten unsere

Gastgeber ein paar Tanzschritte und fuchtelten ein wenig mit den Armen, was meine Priester natürlich sofort als ein rituelles Gebet werteten. Ich dagegen habe nur Äußerungen profaner Freude gesehen, ohne großen Zusammenhang mit irgendeiner Religion. In der allgemeinen Fröhlichkeit zeigten meine Kaufleute geschwind einige Parfümfläschchen. Die Senatoren warfen sich zu Boden (eher aus Gewohnheit als aus Hochachtung). Meine Soldaten mimten Tapferkeit, indem sie auf Tauben und Möwen schossen. Meine Mädchen mimten die gleichgültige Schönheit. Eine leichte Entspannung machte sich bei mir bemerkbar. Allen schien die Zukunft plötzlich nicht mehr so düster, als erfüllte uns der Anblick festen Bodens mit Gewißheit.

Ich gab durch Zeichen zu verstehen, daß ich mit dem König dieses erstaunlichen Volks reden wollte, aber man verstand meine Bitte nicht. Ich versuchte es ein weiteres Mal, ohne Erfolg. Was die Eingeborenen nicht verstanden, war nicht das Wort, sondern der Gedanke selbst (und, natürlich, die Sache). Da sie uns keinen König zu bieten hatten, luden sie uns zu einem Fest ein, das am folgenden Abend stattfinden sollte, die ganze Nacht über und einen Teil des Morgengrauens. Sie nannten diese Zeremonie »die Nacht der heiligen Vergänglichkeit«.

Wir sahen sie uns an.

Die Nacht der heiligen Vergänglichkeit darf weder düster noch hell sein. Bei zunehmendem Mond muß absolute Ebbe herrschen. Die Anzahl von Männern und Frauen muß gleich sein, und die Kleidung (einfache weiße Tunika, knöchellang) ist für alle dieselbe. Niemand darf Waffen, Schmuck oder andere Unterscheidungsmerkmale tragen. Man darf sich nicht beim Namen nennen, sondern nur mit dem einheitlichen Titel *Kürender.* Die Leute kommen nicht mit ihrer Familie, Sippe oder mit ihrem Stamm, sondern in kleinen Gruppen, die sich zufällig begegnen. So geht man händeklatschend durch die Stadt, umgeht sie ein- oder zweimal ... und immer diese faszinierende Abwesenheit von Musik. Bei Sonnenuntergang versammelt man sich auf einem kleinen Strand gleich neben dem Hafen. Und dort machen Ausrufer alle Ereignisse des vergangenen Jahres bekannt, spielen sie nach, dem Meer zugewandt. Man nennt das »Zutagebringen«. Wenn die Ausrufer gewisse Ereignisse auslassen oder entstellt wiedergeben (was gar nicht zu vermeiden ist), darf die Menge sie schlagen und beschimpfen, ihnen das Gesicht zerkratzen und ihnen alle Demütigungen zufügen, zu denen sie fähig ist. Es kommt durchaus vor, daß ein Ausrufer an seinen Verletzungen stirbt, man nimmt darauf keine Rücksicht. Diese Männer haben die schwere Pflicht der Erinnerung, und manchmal kommt sie das teuer zu stehen. Weil sich kaum einer für dieses undankbare Amt zur Verfügung stellt, müssen sie ausgelost werden. Allerdings achtet man darauf, daß keine Frauen darunter sind, denn man sagt hier, sie besäßen kein Gedächtnis. Wenn das Wortgefecht überstanden ist – mit seiner Abfolge von Vergeßlichkeit, Palaver, Schlägen, Zank und Wut –, ziehen sich die Männer auf die oberhalb des Strandes gelegenen Dünen zurück. Die Frauen beginnen, zwei riesige Statuen aus Sand und Algen zu bauen. Dieses Spiel dauert einen Großteil der Nacht, denn jede der Statuen muß so hoch sein wie zwei Männer übereinander, was viel Zeit in Anspruch nimmt und nicht ohne große Anstrengung und heftige Streitereien abgeht. Man achtet nicht auf die Schönheit dieser Machwerke, wenn sie nur eine vage Ähnlichkeit mit Menschen haben. Sobald die Skulpturen aufgestellt sind, ziehen sich die Frauen ebenfalls auf die Dünen zurück.

Jetzt sind die Männer an der Reihe, sie müssen diese Geschöpfe mit Augen, Ohren, Nase, Mund und Geschlecht ausstatten. Die Aufgaben sind offenbar aufs genaueste festgelegt: Die Frauen formen den Körper, die Männer geben ihm Gesicht und Ausdruck. Wenn nun diese Monster aus Sand und Algen (man muß diese Puppen gesehen haben, sonst kann man sich nicht vorstellen, wie grotesk sie sind!) eine Ähnlichkeit mit Menschen haben, versammelt man sich wieder auf dem Strand.

Die Nacht ist jetzt schon weit fortgeschritten, aber ihre Länge verändert sich jedes Jahr (hier rechnet man in Monden, also findet die Zeremonie nie am selben Tag statt), und man beginnt eine lange Litanei von Klagen, Beschwerden, Forderungen und unbefriedigten Bedürfnissen herunterzubeten. Das können verlorene Ernten sein, unergiebige Fischzüge, eine Verbindung, die auseinanderging, Streit um ein Erbe, ein Konflikt mit einem Nachbarvolk, die Anzahl der zu mobilisierenden Soldaten, die Menge an Silber, die einzuschmelzen ist, die Stabilität des Geldes, der Ausbau eines Tempels, die Arroganz der einen Sippe, das Unglück der anderen Familie ... Kurz, alles, was den Alltag einer Gemeinschaft ausmacht, ihre Ängste, Träume, Wünsche und Illusionen. Weil die Statuen schweigen (die Fertigkeit der Männer hat bisher nicht ausgereicht, ihnen die Sprache zu verleihen!), tut das Volk von Sabrata, als sei es verärgert. Und nun bietet sich ein fremdartiges, lustiges und beängstigendes Schauspiel: Man bildet einen Kreis um beide Statuen und beginnt, sie zu beschimpfen oder sich bei ihnen zu bedanken, man spuckt ihnen ins Gesicht, beschuldigt sie aller Übel, fordert Gesetze, beschwört sie, Sabrata zu verschonen, lacht sie aus, fordert Entscheidungen und Schutz, kniet weinend vor ihnen nieder, bedroht sie mit Verschwörung und Tod, weissagt ihnen tausend Unglücksfälle, verleiht ihnen alle möglichen Würden und beschimpft sie immer noch und immer wieder ... allerdings ohne sie zu berühren. Wer dies wagte, würde auf der Stelle totgeschlagen, man glaubt nämlich, daß der Geist dieser monströsen und doch so menschlichen Geschöpfe dann in ihm »wohnt«. So läßt man seiner spektakulären, aber auch vorsichtigen Wut bis zum Morgengrauen freien Lauf. Bis Sonnenaufgang dienen diese eigenhändig geformten Statuen dem Volk als Herrscher, Gesetzgeber, Richter, Prügelknabe und Zielscheibe. Jeder Blödsinn, alle unerfüllten Bitten, unbefriedigten Wünsche, können sich in der Nacht der heiligen Vergänglichkeit ungestraft über die beiden Monster ergießen. Aber die Gebärden, Worte, Klagen und Beschimpfungen kommen keineswegs spontan. Alles scheint lange überlegt und aufs genaueste vorbereitet. Diese ungewöhnlichen Ausschweifungen, dieser Brauch, hier im Handumdrehen Gesetze zu erlassen und Streitfälle zu regeln, gehen nicht etwa auf Improvisation zurück, sie sind mit Bedacht geplant.

Wenn die Sonne Strand und Dünen erleuchtet, steigt die Flut, das Meer kommt, nach und nach verschlingen Wellen die Statuen aus Sand. Eine Nacht lang waren sie Herrscher mit unumschränkter Macht. Für die Zeit einer Ebbe haben sie regiert. In dem Moment, wo die Strömung beide Skulpturen wegschwemmt, setzt die Menge im Chor zu einem endlosen Seufzer an. Alle heulen vor Verzweiflung auf, weil sie erneut ihre Herrscher verloren haben. Man sammelt sorgfältig die Algen und den Rest Sand auf, die das Meer noch nicht verschlungen hat, man verührt sie mit Gischt und legt sie in vergoldete Schatullen. Am Gipfel der höchsten Düne werden zwei Gräber ausgehoben, und immer noch unter Heulen und Wehklagen beerdigt man dort die beiden Kästchen. Die Frauen zerkratzen sich das Gesicht (wie bei uns die Klageweiber). Die Männer tanzen sich in Ekstase. Die Ausrufer beginnen wieder mit ihren Bekanntmachungen. Schließlich breitet sich unmerklich Stille aus. Die Frauen werden wieder schön. Die Ausrufer atmen die Luft des Meeres. Und die Männer sehen wieder wie Menschen aus. Dann verkünden die Ausrufer, daß sie den König begraben haben, bis zum nächsten Jahr. Für die Zwischenzeit glaubt man zu wissen, was richtig und falsch ist, nützlich und schädlich, gut und schlecht. Mit ihrem Schweigen haben die Statuen den Leuten für ein Jahr den Weg gewiesen. Das Volk von Sabrata hat Gesetze bekommen, ohne einen Monarchen ertragen zu müssen, offenbar kommt es so ganz gut zurecht.

Das ist es, was wir gesehen haben. Das ist es, was wir gehört haben. Wäre ich allein zu dieser Begegnung mit der heiligen Vergänglichkeit gegangen, ich hätte das Gesehene für einen Spuk oder ein Trugbild der Reise gehalten. Aber ich war nicht allein, alle aus meiner Gruppe begleiteten mich. In der Morgenfrühe haben wir die Reste aus Algen und Sand in der Hand geborgen. Wir haben Seeigel aufgelesen, die den Statuen als Ohr dienten, und Muscheln, aus denen ihr Mund bestand. Wir haben uns sogar dabei überrascht, wie wir für einen Augenblick noch andächtig an ihren frischen Gräbern standen … während das Volk von Sabrata erleichtert und befreit den Strand verließ, um wieder in die Stadt zu gehen.

Aus Stolz werdet Ihr dieses Zeugnis zurückweisen. Ihr werdet diese Passage meines Briefs übergehen. Denn mein wahrhafter Bericht wird Euch unmoralisch vorkommen, einer Prinzessin nicht würdig. Aber man hat mir diese Geschichte nicht erzählt. Ich habe sie miterlebt, eine Zeremonie, bei der eine Gemeinschaft nachts seine Fürsten aufbaut, um sie bei Morgengrauen wieder zu ermorden. Und ich sehe an diesem wiederkehrenden Mord keinerlei moralischen Makel. Im Gegenteil, ich habe in ihm ein Zeichen der Reife und sogar des Glücks gesehen. Diese Leute waren nicht verwaist. Ihre Tempel befanden sich in gutem Zustand, und sie verwöhnten ihre Kinder, respektierten die Alten. Man hat mir gesagt, daß in Sabrata nur wenige Verbrechen begangen werden, weil die Angst, öffentlich ausgerufen zu werden, viele Delikte verhindert. Obwohl sie weder Armee noch Senat kennen, kommen mir diese Bürger ohne Staat sogar reicher vor als viele Tyrier …

Wenn sie sich aber Fürsten in Form von Statuen schufen, um sie der steigenden Flut zu überlassen, warum dann nicht einen König ein für allemal? Ganz sicher würde ihnen das manche Anstrengung ersparen, und zusätzlich wäre die Nacht der heiligen Vergänglichkeit von längerer Dauer. Man hat mir erklärt, daß ein einzelner Herrscher seiner Willkür und seinen Launen nachgeben könne, hier sehe man das Einzelne als ein absolutes Übel an, während das Vielfache als das perfekte Gleichgewicht gelte … Diesem Argument hatte ich nichts entgegenzusetzen.

Ihr werdet feststellen, Bruder, daß seit meinem Aufbruch von Tyros nicht mehr der Alltag der Menschen mein Interesse findet, sondern ihre Geheimnisse.

An den Tagen, die auf diese denkwürdige Nacht folgten, haben wir unsere Schiffe nicht verlassen. Die Senatoren schauten düster drein, die Priester zweifelten, und die Mädchen vergaßen ihre astrologischen Sorgen. Nur manche Musikanten waren gesprächig, sie stellten philosophische Betrachtungen an, ob das Fehlen von Musik und König bei diesem geheimnisvollen Volk in einen Zusammenhang zu bringen sei. Die Kaufleute tuschelten. Sie ließen mir sagen, man müsse diesen Hafen ohne förmliche Gesetze und anerkannte Währung sofort verlassen. Die Ruderer blieben im Unterdeck; ich habe erfahren, daß sie sich den Plan, in Sabrata zu bleiben, durch den Kopf gehen ließen. Wohl ahnend, daß wir erstaunt waren und Auseinandersetzungen auf uns zukamen, kümmerten die Gastgeber sich nicht um uns. Sie schenkten meinen Schiffen in ihrem Hafen keine Aufmerksamkeit mehr. Von weitem sah ich, wie sie in ihre Tempel gingen, wieder auf die Straße traten, sie gingen ihren Beschäftigungen nach, ohne uns zu beachten. Doch so langsam fehlte es uns an Lebensmitteln, wir mußten also mit ihnen ins Geschäft kommen. Das Wasser wurde knapp, außerdem Öl, Getreide, Oliven, Gewürze, Salz und Gemüse. Und wir hatten noch Stoffe, Ambra, Farbe, Silber und Gold in Hülle und Fülle. Mehr als alle Auseinandersetzungen war es die Versorgung, die mich nun in ernste Schwierigkeiten bringen konnte. Wie Ihr wißt, beurteilt man die Monarchen zuallererst danach, ob die Versorgung funktioniert, und nicht nach ihren großartigen Träumen. Zum ersten Mal begann ich, die ganze Last meiner Irrfahrt zu spüren. Mütterliche Gefühle kamen in mir auf, ich mußte meinen Leuten zu essen geben! Wir satten Fürsten machen uns nicht viele Gedanken um solche einfachen Dinge, wir delegieren sie an einen Verwalter unserer Keller und Speicher. Oft empfinden wir Widerwillen bei dem Gedanken, daß das Geschick unseres Reichs und die Bedeutung unserer Vorhaben schließlich und endlich von ein paar Sack Mehl, von ein paar Faß Öl abhängen. Eine Wahrheit, die unsere ägyptischen Nachbarn heute zu spüren bekommen ... Denn es sind die Ratten und Mäuse, nicht Schreiber und Priester, die ihre Zukunft bestimmen. Und in Zypern habe ich mir sagen lassen, daß durch die leeren Speicher sogar die Pracht der Pharaonen in Mitleidenschaft gezogen werden kann.

Davon war ich noch weit entfernt. Zwar herrschte Mangel, aber der Hunger zeigte noch nicht sein widerwärtiges Gesicht. Noch waren meine Schiffe nicht von Not bedroht. Im schlimmsten Fall konnten wir bis Hadrumetum durchhalten, allerdings mußten wir uns an Rationierungen gewöhnen und auf gewisse phönizische Gerichte mit Mandeln, Pistazien und Koriander verzichten.

Aber ich tat unseren Gastgebern unrecht, sie waren keineswegs kalt oder gleichgültig. Sie wollten sich nur nicht aufdrängen und ließen uns für ein paar Tage in Frieden, als wollten sie herausfinden, welche Wirkung diese denkwürdige Nacht auf uns gehabt hatte. Dann kamen sie wieder, beladen mit Säcken voll Feigen, mit Ölfässern und Honigtöpfen. Sie boten den Männern eine Art Milch an, die nach Likör schmeckte, den Frauen weißen Käse und Rosinen. Als Gegenleistung wollten die Kaufleute ihnen das Würfelspiel beibringen und die Senatoren die Kunst der Rede. Beide Spiele lehnten die Eingeborenen jedoch höflich ab. Ich ließ ihnen meine schönsten Skarabäen aus Jaspis, Karneol und Achat zeigen; sie nahmen sie in die Hand und freuten sich an ihnen, allerdings ohne ihnen allzugroße Aufmerksamkeit zu schenken. Die Musik reizte sie; man spielte ihnen ein paar Lieder aus Tyros und Gebal vor. Sie baten mich, ich sollte etwas für sie singen, worauf ich ihnen zu verstehen gab, daß ein Trauerfall mir solche Vergnügungen verbot. Über ihre eigenartige Zeremonie wurde jedes Gespräch vermieden, wir nahmen lediglich zur Kenntnis, daß sie kein Oberhaupt hatten, und sie stellten fest, wie weit unsere kleine Gemeinschaft durchorganisiert war. Wir lächelten uns zu, ohne weitere Fragen zu stellen. Eine Freundschaft war noch nicht entstanden.

Aber was die Leute von Sabrata anzog, waren weder Freundschaft noch Geldstücke, auch nicht Gold und Skarabäen. Sie erwarteten von uns Unterrichtung in drei Fertigkeiten: erstens in der Berechnung der Meeresstraßen, zweitens im Zuschneiden der Ruder, und drittens in der Herstellung von Pech, mit dem wir das Holz unserer Schiffe haltbar machten. Das waren, so sagten sie, die einzigen Geschenke, die sie von uns annehmen wollten. Aus ihrer Bitte las ich keinerlei

Hinterlist, lediglich eine tiefe Naivität. Ohne es zu wissen, rührten unsere Gastgeber an die bestgehütetsten Geheimnisse der Phönizier, an das Fundament unserer Macht und unseres Wohlstandes. Daß wir ihnen unsere Meeresstraßen zeigten, kam nicht in Frage. Wir konnten die geheimen Gesetze der Strömungen, Winde und Gezeiten nicht an ein anderes Volk weitergeben, es hätte unseren Niedergang bedeutet, Selbstaufgabe. Andere als unsere Söhne in die Himmelskarte und die Lage unserer Häfen einzuweihen, hätte uns entscheidend geschwächt. Wie viele phönizischen Seeleute gingen in den Tod, um die Route nach Utica und Gades herauszufinden, den sichersten Korridor zwischen Tyros und Hadrumetum aufzuzeichnen. Wie viele Ruderer mußten ihr Leben lassen, weil sie nicht dem richtigen Stern folgten. Jetzt ihre Geheimnisse zu veraten, hätte ihren zweiten Tod bedeutet. Was das Zuschneiden der Ruder und die Herstellung des Pechs anging, das sie vor dem Wasser schützt, so war ich durchaus zu Verhandlungen bereit ... Schließlich gab es kein Anzeichen, daß dieses Volk den schwarzen Stein kannte, aus dem man das Pech gewinnt; ich konnte ihnen sagen, wie es zusammengesetzt war, ohne ihre Konkurrenz fürchten zu müssen. Aber zuvor wollte ich wissen, was die Eingeborenen in die Waagschale werfen wollten. Meine Schiffe mit Lebensmitteln anzufüllen, würde nicht genügen, ich war bereit, zu bezahlen, mußte also nicht auf unsere Geheimnisse, die Basis unserer Macht, zurückgreifen. Dieses Volk hatte keine erkennbare

Währung, womit wollte es für die Techniken bezahlen, die uns Phönizier in die Lage versetzt hatten, das Meer zu beherrschen? Ich war neugierig.

Die Kaufleute schloß ich aus unseren Verhandlungen aus, das war nicht ihre Sache. Sie wären bereit gewesen, die Hände der Ruderer mitsamt Ruder für ein paar kurzfristige Vorteile zu verkaufen. Ich bat den Klerus, bei seiner Liturgie zu bleiben und sich in eine so offensichtlich weltliche Angelegenheit nicht einzumischen (auch wenn das Buch der Geheimnisse des Meeres für uns sakralen Wert hat ...). Wieder gab es lange Gesichter bei den Priestern, aber sie mußten sich beugen und versprechen, den Dialog mit den Leuten von Sabrata nicht durch Komplikationen zu stören.

Das Feilschen konnte also beginnen, und es begann unter schlechten Vorzeichen. Zwei von unseren Ruderern waren geflohen und hatten in den engen Gäßchen der Stadt Zuflucht gefunden. Was mußte man ihnen bieten, damit sie bereit waren, unsere Geheimnisse zu verkaufen? Gleich zu Beginn forderte ich von meinen Gesprächspartnern, daß sie mir die beiden Männer auslieferten, natürlich wurde es abgelehnt. Sie wären auch schrecklich dumm gewesen, wenn sie einen solchen Vorteil aus der Hand gegeben hätten. Ich zeigte mich unerbittlich, sie behandelten mich mit Rücksicht, gaben aber nicht nach. Ich schlug ihnen eine Musikschule anstelle der Seekarten und zusätzlich das Rezept für unser Pech vor, da lachten sie über meinen Einfallsreichtum ... Die Soldaten versprachen, ihnen die Kriegskunst beizubringen, Bogenschießen, das Parieren mit dem Schild und die Technik der Umzingelung; unsere Gastgeber erklärten, sie hätten weder Feinde, noch gäbe es für sie Schlachten zu schlagen ... Die Mädchen erboten sich, zu zeigen, wie man mit Ambra ein zauberhaftes Parfüm herstellen konnte, welche Raffinesse in der Purpurfärbung zu erzielen war und wie man mit Hilfe eines Talismans den bösen Blick abwehrt; die Eingeborenen fanden es lächerlich, daß Frauen sich parfümierten, wo Algen doch so gut dufteten ... Wir waren am Ende mit unseren Finten gegen ihre Starrköpfigkeit. Sie hatten Zeit, und um mir das zu zeigen, sagten sie gerne eines ihrer Lieblingssprichwörter auf, welches lautet: »Als Gott die Zeit schuf, schuf er sie im Überfluß!« Eisern an dieser Vorschrift festhaltend, die ihnen Philosophie und alle Regeln der diplomatischen Kunst ersetzte, gewährten sie einige Tage Bedenkzeit.

Ich änderte meine Meinung nicht: Unsere Navigationstechniken waren kein Verhandlungsgegenstand; unser Wissen über die See war unveräußerlich.

Für den Ölbaum, den Feigenbaum, den Granatbaum und die Pistazie ist das Pfropfen im Frühjahr entscheidend, die Auspflanzung hängt von der Art des Bodens ab, und der Abstand zwischen den Bäumen darf nicht größer als sechs Fuß sein ... Der Weinbau und die

Vermostung der getrockneten Trauben ist bei unserem Meister genauestens beschrieben:

»Man ernte die ersten Trauben und werfe die verschimmelten und verfaulten Beeren weg; man stelle im Abstand von vier Fuß Gabeln oder durch Stangen verbundene Pfähle auf, die Stöcke tragen sollen; dann lege man die Stöcke darüber und die Trauben darauf, damit diese in der Sonne trocknen; nachts decke man die Trauben ab, damit sie nicht feucht werden; wenn die Trauben trocken sind, pflücke man die Beeren und lege sie in einen Krug oder in eine Kanne; man gieße soviel vom besten Most darauf, daß die Trauben bedeckt sind; am sechsten Tag, wenn die Trauben diesen Most aufgesogen haben und damit durchtränkt sind, schütte man sie in einen Bottich, keltere sie und fange die Flüssigkeit auf; dann presse man den Trester aus und gebe frischen Most aus anderen Trauben, die drei Tage in der Sonne getrocknet haben müssen, dazu, vermische alles gut und keltere es. Man verschließe die durch diese zweite Kelterung erhaltene Flüssigkeit sofort in versiegelten Tongefäßen, damit sie nicht bitter wird; nach zwanzig oder dreißig Tagen, nachdem die Fermentation beendet ist, gieße man die Flüssigkeit in andere Gefäße, bestreiche deren Deckel sofort mit Gips und bedecke sie mit einer Haut.«[11]

Der Koadjutor des Agronomen (er schien Priesterrang zu haben) trug dies mit fester, klarer Stimme vor, während seine kleine Delegation zum Zeichen der Zustimmung mit dem Kopf nickte. Er las aus seinem Traktat, wie unsere Geistlichen Gebete zitieren: in

Demut und Andacht, von keinem Zweifel getrübt. Stundenlang mußten wir diesem Laienprediger zuhören, der seine guten Ratschläge herunterbetete: Welche Aussaat für das Korn am günstigsten war, wie man den Rebstock am besten beschnitt, wie man Milch aus der Palme gewinnen konnte. Im Austausch für unsere Seekarten wollte das Volk von Sabrata uns also in die Wunder des Ackerbaus einweihen. Die Geheimnisse der Erde waren ebenso wertvoll wie jene der See. Ein Traktat über den Ackerbau gegen die Wissenschaft der Navigation. Die Idee zeugte von Einfallsreichtum, der Tausch schien mir gerecht.

Aber wie konnte man aus Seeleuten, die an die wechselhaften Winde des Ozeans gewohnt waren, ein Volk von Bauern machen, gebunden an die Pflugschar und die Wiederkehr der Jahreszeiten? Wie sollte man verträumte Nomaden an die Erde fesseln? Der Agronom von Sabrata stellte sich solche Fragen nicht. Der Handel schien ihm klar und das genügte. Als er seine Lesung beendet hatte, legte er die Blätter in ein Stück Seide und lud uns zu einem Rundgang durch die Gärten der Stadt. Die Priester schoben ein dringliches Gebet vor und die Frauen unvorhergesehene Belange. Weil sie nichts einzuwenden hatten, schlossen sich mir die Soldaten, Senatoren und Kaufleute an. Dicht gedrängt gingen wir durch die Gäßchen der Stadt und verstreuten uns dann über ihre Hügel und Felder. Ich beobachtete die Leute aus meiner Truppe: Wie tollpatschig sie waren! Hüpften auf einem Bein von Furche zu Furche, humpelten zwischen den Bäumen umher, verletzten sich an Stengeln und Schilfrohren. Vor diesem beengten Horizont war ihnen offenbar nicht wohl. Gewohnt, von der Schiffsbrücke aus das Meer zu überschauen, hatten sich ihre Augen noch nicht den Umzäunungen angepaßt. Vertraut mit dem blauen Glanz der Verschmelzung von Wasser und Himmel, schätzten sie nicht die zarten Lehmfarben. Für sie war plötzlich *Grund* und *Boden* nur noch das eine: *Dreck*. Schlimmer noch! Sie schienen keinen Zusammenhang zwischen dieser lehmigen Erde und den Früchten zu sehen, auf die sie ja nicht verzichten konnten. Für meine Leute war der Ackerbau weder ein Broterwerb, noch ein Beruf oder eine Kunst, er war ganz einfach reine Abstraktion, ein seltsamer Zustand, den man vom Hörensagen in den Höfen und Geschäften kannte, wenn Mangel oder Hungersnot die Stadt und die Ruhe der Paläste bedrohte. Was die Gärten anging, so waren meine Begleiter erstaunt, daß dies ein nützlicher Ort sein kann; für sie diente der Garten vor allem der Zerstreuung. Sie hatten Bücher gelesen, in denen die Bauern aus China und Ägypten beschrieben waren, Nilüberschwemmungen und Feste für Osiris; aber diese Bücher erzählten nur und zeigten nicht.

Trotzdem langweilte sich mein Gefolge wider Erwarten nicht. Es gelang meinen Leuten sogar, ihr Unwissen mit geheuchelter Neugier zu überspielen. Je offensichtlicher unsere Tollpatschigkeit wurde, um so entspannter gaben sich die Leute von Sabrata, sie wurden am Ende ebenso herzlich wie Seeleute beim

Anblick eines Albatros, der sich auf die Brücke verirrt hat. Einer unserer Soldaten wollte es mit einem Bock aufnehmen und bekam ein paar harte Stöße mit den Hörnern, was Heiterkeit auslöste. Großes Gelächter erntete ein Senator, der die Kruppe eines Stiers tätschelte und fragte, wieviel Milch die Kuh denn geben würde.

Wie ungezogene Kinder rannten wir in alle Richtungen, hielten uns an den Ästen des Ölbaums fest, schaukelten an Feigenbäumen, unsere Gastgeber freuten sich über solches Glück. Der Handel schien ihnen perfekt: Waren die Landfreuden nicht auf dem besten Weg, den Rausch des Meeres in uns zu verdrängen?

Aber schon fehlte uns das Meer. Hinter Hügeln versteckt, hörte es nicht auf, uns seine vertrauten Ausdünstungen zu schicken. Die Meeresbrise trieb uns nicht an den Fuß der Berge, sie zog uns an. Noch rief uns das Meer. Nachdem wir zur Feier unserer Einführung in die Wissenschaft der Bauern Dickmilch getrunken und getrockene Feigen gegessen hatten, baten wir, zu unseren Schiffen zurückkehren zu dürfen. Der Koadjutor war buchstäblich am Boden zerstört. Er war sich der Anziehungskraft seiner festen Erde so sicher gewesen, daß er unseren Wunsch nur als die Eingebung einer Laune oder puren Leichtsinns ansehen konnte. Wie denn? In seinen Büchern träumten alle Seeleute der Legende von einem Hafen, von Gärten, und nun sträubten sich diese Phönizier gegen solche einfachen und unmittelbaren Freuden! Darüber vergaß er sogar sein Traktat. Die Leute vom Meer schienen ihm plötzlich so undurchschaubar und hassenswert. Er stampfte auf die Erde, riß Zweige vom Ölbaum, zertrat unreife Oliven. Er forderte uns auf, doch endlich Vernunft anzunehmen – als hätte uns der Wahn gepackt. Er versprach, uns in Sabrata einzusperren, drohte, mich nach Tyros auszuliefern! Er schwor, daß er sich mit den Juden und Assyrern verbünden würde, um es diesen »grausamen und eitlen Phöniziern« endlich einmal zu zeigen! Er sagte, da seien ihm die Griechen noch lieber als die Tyrier, und riß noch einige Zweige vom Ölbaum ab ...

Um die Geister zu beruhigen, versicherte ich ihm, daß wir keineswegs von dem Handel Abstand nehmen wollten und daß ich auch entschlossen war, ihm manches Geheimnis der Navigation auf hoher See zu überlassen. Bis dahin, schlug ich vor, sollte er sich zuerst einige Regeln der Küstenschiffahrt zeigen lassen, allerdings müsste er dazu bereit sein, ein Stück der Reise mit uns zu machen. Er war mißtrauisch, versprach aber, es zu überdenken. Als wir zum Hafen zurückkamen, sagte er mir, daß er Seeleute und Seekrankheit gleichermaßen fürchtete, denn beide würden ihm Kopf und Eingeweide durcheinanderbringen ... Er erzählte mir das Abenteuer seines libyschen Meisters (dem Autor der denkwürdigen Abhandlung), dieser war von Phöniziern entführt worden (unter dem Vorwand, man wolle ihm auf der Reise etwas beibringen), und er ward in Sabrata nie wieder gesehen ... Nach dem Raub ihres Meisters der Agronomie hatte die Gemeinschaft von Sabrata beschlossen, sich in der

Küsten- und Hochseeschiffahrt kundig zu machen, damit man eines Tages die Entführer einholen konnte ... Der Koadjutor versicherte mir, daß allerdings keine Rache an den Räubern geübt werden sollte, wenn sie nur Nutzen aus der Agronomie gezogen und sich überlegt hätten, wie sie den Meister seinen Schülern zurückgeben konnten. Und er fügte hinzu: »Es ist gut, daß Land und Meer einander durchdringen und sich nicht teilen. Schaut die Gezeiten an, sind sie nicht wie Bindeglieder zwischen uns? Sind es nicht die Gezeiten, aus denen unsere Götter und unsere Herrscher kommen? Wir sollten keinen Streit suchen, wie es jener jüdische Ackerbauer gegen einen Hirten seines Volkes getan hat. Es ist gut, daß Land und Meer sich umarmen, ohne einander zu erwürgen.«

Er schenkte mir hundert Blätter seines kostbaren Traktats und prophezeite, daß sie mir eines Tages von Nutzen sein würden.

Entschlossen, diese Blätter noch vor Ende unseres Aufenthalts zu lesen, teilten wir sie untereinander auf. Je nach Geschmack und wie es der Zufall wollte, bekam jeder seinen Teil von den hundert Kapiteln, aus denen das Traktat bestand.

Die Priester, immer zum Lästern bereit, lachten über die Senatoren, wie sie sich in den Anbau von

Getreide, Tomaten und Zwiebeln vertieften. Die Ruderer legten einen wahren Novizeneifer an den Tag, gaben sich alle Mühe, Reihensaat, Breitsaat und Sprossung auseinanderzuhalten. Die Soldaten lernten das Kapitel über die Jahreszeiten, die Zeit der Blüte und der Ernten auswendig. Die Kaufleute rechneten, sie verglichen die jeweiligen Kosten und Erträge von einer Kuh und einer Ziege, von einem Stier und einem Hammel ... Meine Schiffe wurden zu einer wahrhaften Akademie der Agrarwissenschaften. Aber im Grunde lasen wir diese Abhandlung, wie andere Poesie lesen.

Ich hatte mir die Einleitung des Werkes vorbehalten: Sie setzte sich aus zehn Abteilungen zusammen, die unter dem Titel »Theorie des Glücks« standen. Hier sang der Autor sein Loblied auf die »alten Tugenden« und die »Bauernkönige«, welche ihm zufolge mit Bedacht die Verbindung zwischen dem Vater als Hirten und dem Vaterland, zwischen Sohn und Sohnesfolge, Kultur und Agrikultur, Land und Landmann bewahrt hatten. Er zeigte auf, was sowohl die Philosophie als auch das Glück dem Magen und seinem Wohlbefinden verdankten und wie die Zivilisation vom guten Essen abhing. Hundert Könige und Generäle waren hier eingeteilt nach Aggressivität und Tischgewohnheiten (ein Zusammenhang zwischen der Anzahl der geführten Kriege und der Menge schlechter Lebensmittel, die all diese Leute verschlungen hatten, schien sich zu ergeben). Philosophische Doktrinen wurden aufgezählt und nach ihrer Nähe zu den

Wissenschaften des Bodens beurteilt. Der Autor versicherte, je näher eine Philosophie der Landwirtschaft stünde, desto weniger liefe sie Gefahr, in schlechte Dialektik und Pessimismus abzugleiten. Die Vorstellung, daß die Philosophen die Welt regieren sollten, wurde zerpflückt und heftig zurückgewiesen: Die Philosophen ließen sich von Widerspruchsgeist und endlosem Hader leiten, weshalb allein der Bauer die Zusammenarbeit und den Zusammenhalt der im Boden verwurzelten, an den Pflug gebundenen Individuen sichern könne, denn nur sie, so argumentierte unser Autor, waren gezwungen, einander die Hand zu reichen und sich in schlechten Zeiten gegenseitig zu helfen. Unser Agronom sah in der wachsenden Anzahl der zu stopfenden Münder einen verhängnisvollen Sieg der Stadt über das Land, »des Staates über den Menschen«. Er skizzierte den »Plan einer Nation«, gegründet auf autonome Dörfer, die sich selbst genügten und nicht mehr als tausend Individuen zählten. Im vorletzten Kapitel wehrte er sich heftig gegen den weitverbreiteten Glauben, wonach die sexuelle Begierde Basis eines Gebäudes aus Gefühlen, Empfindungen, Erinnerungen und Trieben sei, die den Menschen erfüllten. Für ihn bildete lediglich die Notwendigkeit, sich zu ernähren, der Nahrungstrieb, das ureigenste Sammelbecken menschlicher Aktionen und Reaktionen, und er verfluchte jene verstädterten, lasterhaften Erwachsenen, »die ihre Zeit damit verbringen, daß sie in ihrer Gewohnheit verkommen, sich an den Spuren der Sexualität entlangzulecken«

(*sic!*). Er stellte ein Inventarium der bekanntesten Laster auf und setzte zuoberst die Neugierde und den eitlen Kampf gegen den Lauf der Zeit. Schließlich beendete er seine Einleitung mit einer Liste der geläufigen Krankheiten und einem Herbarium, in dem die jeweiligen Gegenmittel aufgezählt wurden: Zwiebeln und Knoblauch gegen Altersschwäche, Olivenöl gegen Migräne, Weizen gegen Zahnschmerzen, Roggen gegen Unfruchtbarkeit, Rosinen gegen Impotenz, Dickmilch gegen Appetitlosigkeit, getrockene Feigen gegen Schlangenbisse, zerkleinerte Oliven gegen Sonnenstich, Disteln gegen Blutsturz, Mangoldblätter gegen Schwindelgefühl, Schnittlauch gegen Verdauungsstörungen, Kümmel gegen Gicht, Pfeffer gegen Menstruationsbeschwerden, Datteln gegen Gelbsucht, Zitronenessig gegen Verstopfung, Nelken gegen unerwünschte Schwangerschaften, Schlammbäder gegen Lähmung, Eibenrinde gegen bösartige Leberflecken und eine einzige Mahlzeit pro Tag gegen alle Krankheiten ...

Ich sagte es schon, wir haben dieses Traktat eher wie eine Gedichtsammlung gelesen und nicht wie eine Zusammenstellung nützlicher Kenntnisse. Welchen Nutzen sollte ich auch aus diesem Führer zum bäuerlichen Glück ziehen, ich, eine Königin des Meeres, Witwe eines Tyriers, Frau ohne Land und Nachkommenschaft, der Flucht geweiht und der Trauer? Übertrieb dieser Agronom – im Moment Geisel von Seeleuten! – denn nicht die Tugenden, die man den Bauern gerne zuschrieb? Immerhin hatte er übersehen, daß der Mensch zwar seine Kultur der Agrikultur verdankte, seine Zivilisation aber aus den Städten kam. Und seine Gegenüberstellung von Geduld – einer Eigenschaft, die angeblich der Landmann hatte – und Neugier – dem beim Seemann vermuteten Laster – machte ihn doch so blind, nicht zu sehen, daß der Kurs des Navigators nichts als eine langsame Durchquerung seiner selbst ist, eine Reise, die oft gegen die ihm innewohnenden Ängste und Leiden zu Ende geführt wird. Mußte er schon einmal gegen die Wut einer Strömung, die Wildheit eines Sturms oder die Launen eines Windes ankämpfen? Hatte er auch nur einmal versucht, eine Route aus den Sternen zu lesen, an einem Himmel, der hoffnungslos grau und stumm war? War er einmal gezwungen, einen Hafen in der Undurchdringlichkeit des Nebels zu suchen?

Dieser Agronom (man hatte mir gesagt, daß er aus der libyschen Familie der Magoniden stammte) schien von unserer Geduld und unserer Solidarität, unserem Glück und unserem Zusammenhalt nichts zu wissen. Was die Krankheiten und ihre Gegenmittel betraf, so waren ihm offenbar die guten Eigenschaften von Krakentinte, Lebertran, Walrat, Meersalz und getrockneten Algen entgangen. Lediglich in einem Punkt war ich mit seiner Theorie des Glücks einverstanden: Die Anzahl von Individuen, welche eine Gemeinschaft bilden, ist nicht unwichtig. Sind es zuwenige, kann eine Gemeinschaft dem Staat nicht dienen; sind es zuviele, erstickt sie ihn. Aber diese Übereinstimmung war doch nicht weitgehend genug, um mir sein Buch nahezubringen. Ich war versucht, es über Bord zu werfen und den Aufbruch anzuordnen, aber mein Gefolge fand es so unterhaltsam! Gelächter und Scherze auf allen Schiffen! Man hatte einen unverhohlenen Spaß an der Lektüre dieses treuherzig-naiven Taktats. Die Soldaten wollten umgehend die Wirkung der Zwiebel an den Priestern erproben und die Wirkung des Roggens an den Kaufleuten. Die Jungfrauen legten Rosinenvorräte an, und die Senatoren hamsterten zerkleinerte Oliven. Man wußte nicht, sollte man Mitleid mit einem solchen Aberglauben haben oder über so viel Unschuld lachen. Nur die Priester (die kein Sterbenswörtchen gelesen hatten) wagten es, das Buch mit gelehrten Kommentaren zu versehen. Sie sahen in ihm sogar »ein Zeichen des Himmels« (*sic!*), das bedeutsame Zusammentreffen eines Seevolks mit einem Buch über die Erde. Daraus leiteten sie den Hinweis ab, daß wir uns bald auf unbekanntem Land niederlassen würden, das wir mit unserer Arbeit prägen, wo wir die Spuren unseres Willens hinterlassen würden. Ohne dem Meer den Rücken zu kehren, mußten wir uns, dem Klerus zufolge, auf Feldarbeit vorbereiten, auf das Maß der Hecken und die lange Wartezeit im Winter. Sie sagten, daß wir bald einer tiefgreifenden Wandlung unterworfen sein würden, die unsere Liebe zum violetten Horizont nicht zwangsläufig mindern mußte. Die Bedeutung der See würde uns nicht verlorengehen, aber wir mußten auch lernen, wie man Furchen zieht, Kornsäcke wiegt und den Rebstock beschneidet. Diese Rückkehr zur Erde sei weder unser Niedergang, noch der Beginn einer ungesunden Festlegung und auch nicht ein Zeichen für jene Art des Vergessens, das die Erinnerung des Herzens verfälscht. Wir sollten neue Wurzeln bekommen, eine neue Blüte erleben, neue Gefühle kennenlernen: »Das Meer bringt Träume, das Land bringt Leben. Es ist nicht schlecht, wenn ein an hochfahrende Gedanken und abstrakte Sprache gewöhntes Volk sich in den Dingen des Lebens erprobt, im Ackerbau, in der exakten Wissenschaft über die Natur, in den bescheidenen Handlungen der Bauern«, sagten die Priester. Der Klerus folgte also Mago und seinem Koadjutor. Und wenn sogar die Priester einiges an Richtigem in einer Abhandlung über Agronomie und ländliche Moral gefunden hatten, so galt das um so mehr für die Senatoren, Soldaten und Ruderer.

Das Buch von der Erde säte große Verwirrung unter uns. Trotz des Gelächters und der fröhlichen Scherze sah ich eine große Unentschlossenheit im Blick meiner Gefährten.

Wie war das mit den Nelken und der Schwangerschaft in Wirklichkeit? Leider stellte sich diese Frage ganz unironisch: Sie betraf tatsächlich zwei gewesene Jungfrauen meines Gefolges. Beide waren im zweiten oder dritten Monat schwanger. Ich gebe zu, daß ich ein so vorhersehbares Problem eben nicht vorhergesehen habe. Wo es doch so offensichtlich war: Führt es nicht unausweichlich zur Vermehrung, wenn man Männer und Frauen im zeugungsfähigen Alter miteinander konfrontiert? Warum hatte ich diese natürlichste Sache der Welt einfach nicht zur Kenntnis nehmen wollen? Selbstverständlich ist den beiden Mädchen die natürlichste Sache der Welt nicht entgangen! Als sie mir die Nachricht verkündeten – zu allem Überfluß hielten sie es noch für eine gute Nachricht –, da strahlten ihre Gesichter in freudiger Ungeduld. Sie gurrten geradezu vor Wonne und Stolz. Ein Wunder, daß sie mich nicht einluden, ihre Schwangerschaft zu teilen, zusammen mit ihnen auf mütterliche Weise zu atmen und im eigenen Bauch die lieblichen Stöße ihrer Föten zu fühlen! Sie trieben ihre Unverfrorenheit so weit, mich zu bitten, ich solle einen Vornamen für sie auswählen. Ich war schockiert von einer solchen Schamlosigkeit. Oder war es nur Leichtsinn? Oder sogar nur einer jener Schwindelanfälle, die schwangere Frauen heimsuchen?

Die Liebe? Ja sicher, aber nicht für das erstbeste Herz! Ein Kind empfangen? Ja, aber doch zu Hause und nicht auf einer Woge des Ozeans! Geburt? Ja, aber mit beiden Beinen auf festem Boden, nicht im Unterdeck eines Schiffs, das den Strömungen der See ausgeliefert ist! Und was war morgen? Und die Schwierigkeiten der Reise? Und die Mühen der See? Und das Risiko einer Fehlgeburt? Und war das denn der richtige Moment? Und habt ihr das auch wirklich gewollt? Und seid ihr eurer Sache sicher? Und was ist mit den Vätern? Und ihr seid doch noch so jung! Und noch so schön! Und wißt ihr denn, daß Schwangerschaft die Frauen cholerisch macht? Sie werden unberechenbar! Aber es hat Spaß gemacht? Und was für eine Schande, nicht seine Jungfernschaft bis zuletzt zu verteidigen! Und vielleicht sollten wir es mit Nelken probieren ... Und, und, und ...

Weshalb war ich so verbissen? Lehnte sich die Weiblichkeit in mir auf, angesichts dieses Ausbruchs von Weiblichkeit? Oder war es meine eigene Weigerung, zu empfangen und zu gebären? Ich wußte es nicht. Auch heute, angesichts dieses Scheiterhaufens, auf dem ich bald meine letzte Umarmung erfahren werde, weiß ich keine Antwort. Verbissen wütete ich gegen diese Unglücklichen mit all der Bitterkeit eines Herzens voll Liebe, das aber unfähig war, zu lieben. Und doch begann ich in meinem Widerwillen, diese Frauen zu lieben und zu bewundern. Überrascht stellte ich fest, daß ich sie beneidete ... und gleichzeitig kamen mir neue Vorwürfe und Anklagen. Die Frauen waren stark und übten sich in Geduld. Reich an so viel Leben und Schönheit, sahen sie mich verständnislos an, und ihre Blicke waren zärtlich. Konnte ich vor ihnen zugeben, daß meine Reaktion weniger von mir als Königin kam, sondern einfach von mir als Frau, einer Geächteten, die nicht mehr gebären durfte, weil sie den wahnwitzigen Eid geleistet hatte, Witwe zu bleiben und umherzuirren? Sie hätten mich ohne Ironie angelächelt, sie hätten meinen Bauch und meine Lenden liebkost, als wollten sie mit freundschaftlichen Gesten den Überschwang und die Begeisterung ihres Körpers, die sie nun erleben würden, auf mich übertragen.

Während ich weinte – mehr vor Verdruß als vor Wut – hielten sie meinen Kopf, küßten mir die Tränen vom Gesicht und flüsterten: »Ihr seid es, die sich vermehrt ... Die Kinder gehören Euch ... Ihr seid es, die gebären wird ...« Obwohl ich sie durchschaute, nahm ich ihre Gesten und ihren Zuspruch an. Beinahe immerhin, denn meine Ruhe kehrte wieder; über meine instinktive Auflehnung hinaus befand ich mich ja vor einem neuen Dilemma: Diese Kinder waren nicht willkommen! Aber man konnte sie auch nicht aussetzen. Was auch immer meine persönliche Meinung sein mochte, diese einzigartige Situation betraf die Gesamtheit der Gruppe, ich mußte sie also damit konfrontieren. Allerdings hatte ich meine Rechnung ohne die Mütter gemacht. Sie waren zwar bereit, gewisse Freuden der Schwangerschaft mit mir zu teilen, aber dafür sahen sie nicht ein, daß sich die Gruppe (»was Ihr Gruppe nennt«, sagten sie) in eine Angelegenheit einmischte, die sie nichts anging: »Die dicken Bäuche gehören uns, in uns wachsen diese Kinder, es kommt nicht in Frage, daß ein Dritter dabei etwas mitzureden hat.« Ich war eine Mauer des Schweigens, und so verschwanden sie unter Deck. Über einen hinkenden Priester ließen sie mir einen zehnzeiligen Brief zukommen, in dem sie beteuerten, daß sie Verständnis für meine Skrupel hatten, diese allerdings nicht teilen konnten. Sie kündigten an, sie würden jede Entscheidung ablehnen, die ihren Wünschen zuwiderliefe. Sie schrieben: »Die Gemeinschaft, auf die Ihr Euch beruft, ist reine Abstraktion. Sie existiert nur in Form eines Vorhabens. Im Augenblick sind wir eine Anzahl konkreter und autonomer Individuen, die sich eine Behausung teilen, nichts weiter. Die Gemeinschaft, die Ihr unseren persönlichen Wünschen entgegensetzen wollt, kann keinen anderen Willen haben als den ihrer Mitglieder. Wenn Euch nur eine einzige Stimme fehlt, dann drückt sich nicht mehr der Wille der Gruppe aus, sondern nur noch die unterschiedlichen, vielfältigen Wünsche der Männer und Frauen, die sie bilden ... oder Eure Tyrannei!« Ich las diese Stelle wieder und wieder; immer schwindelte mir dabei, ich empfand beinahe Ekel. Ich war mutlos, alles drückte mich nieder. Ich war alt. Die Irrfahrt, meine Müdigkeit und nun auch noch die Einsamkeit hatten mich altern lassen.

Aber ich war darüber nicht reifer geworden.

Ich fühlte, wie mein Körper Falten bekam, schwerer wurde und dennoch leer blieb und schwieg. Ja, der Brief dieser beiden Mädchen brachte mir das Schweigen meiner Eingeweide grausam zu Bewußtsein. Mußte eine kinderlose Frau für immer stumm bleiben? War ein Frauenkörper, den nie eine Schwangerschaft größer und schöner werden ließ, dazu verurteilt, zu altern ohne zu reifen? Hundertmal stellte ich mir diese Frage. Schon vor der Flucht hatte sie sich in mir geregt. Mein Onkel Acherbas wollte, wie Ihr wißt, kein Kind aus unserer Verbindung; er hatte mich nur geheiratet, damit er mich gegen Euch in Schutz nehmen konnte. Allerdings träumte ich von zahlreichen, fruchtbringenden Schwangerschaften. Das phönizische Heim sollte von neuem Leben erfüllt werden, denn der Herd drohte aus Mangel an Wünschen und Überfluß an Ängsten zu erlöschen. Die tyrische Familie sollte zu neuer Gemeinsamkeit finden, damit sie gegen Griechen und Assyrer bestehen konnte. Mit einer wilden Lust am Leben würden wir unseren Feinden die Stirn bieten …

Das war vor der Flucht.

Aber jetzt, wo die Irrfahrt diesen Vorsatz in mir verdrängt hatte, mußte ich einsehen, daß mir meine Gefährten ein Heim nicht ersetzen konnten. Diese Senatoren, Soldaten, Kaufleute und Frauen waren vielleicht meine Mitbürger und Untertanen, aber ein Heim konnten sie mir nicht bieten. Und wenn auch das Blut uns verband, so war es doch eine abstrakte Gemeinsamkeit, die Erinnerung an das Blut, das Ihr über unseren Häuptern vergossen habt. Nur die Erinnerung an vergossenes Blut verband mich mit diesen Leuten, nicht das Blut an sich. Der Priester, der mir den Brief überbrachte, meinte, mich mit der Versicherung trösten zu müssen, daß man »überall nur die Erinnerung an das Blut als Familienband kennt… und dieses abstrakte, symbolische Blut hat nur wenig – wenn nicht sogar überhaupt nichts! – zu tun mit dem wirklichen, konkreten Blut, das durch unsere Adern fließt ... auch wenn in gewissen Dialekten bei uns dasselbe Wort für Ader und Wurzel steht.«

Ich lächelte über die Liebenswürdigkeit und den guten Willen dieses Mannes. Was er aber im folgenden ausführte, ärgerte mich um so mehr: Er fragte sich (indem er mir gleichzeitig versicherte, nur »laut zu denken«), weshalb ich denn so großen Wert auf die Jungfräulichkeit dieser Frauen zu legen schien. »Diese Mädchen sind nicht mehr allzu jung«, sagte er zu mir, »wenn man in ihrem Alter die Jungfräulichkeit verliert und ein Kind bekommt, so ist das keineswegs ein Akt, der zu tadeln wäre. Ihr selbst, Prinzessin, seid – wenn ich Euch daran erinnern darf – Frau geworden, bevor Ihr erwachsen wart ...«

Ich starrte ihn einen Augenblick lang an, dann, in dem heftigen Wunsch, das Thema zu wechseln, warf ich ihm entgegen: »So wie Ihr nicht im Gebet Zerstreuung finden könnt, so können diese Frauen nicht umherirrend gebären!«

Er antwortete mir ruhig: »Sicherlich, Prinzessin, aber kein Gott verbietet es, daß man sich im Gebet zerstreut.« Und er kam hartnäckig auf die Jungfernfrage zurück. Ich schwor alle heiligen Eide, daß das Hymen dieser Mädchen mir nicht mehr wert war als die Sicherheit auf dieser Reise, aber er lächelte mich an.

Die Jungfräulichkeit der Mädchen? Die Jungfräulichkeit der Träume und Erinnerungen? Die Jungfräulichkeit meiner Irrfahrt? Die Jungfräulichkeit des Bodens? Ja, diese siebenundzwanzig Jungfrauen wollte ich selbst verheiraten. In jedem Mädchen, in jeder Ehe, in jedem Glück wollte ich das Ende und Ziel meiner Reise erleben. Ohne selbst zu gebären, träumte ich davon, die Gemeinschaft um ihr Zehnfaches zu vermehren. Zahlreich und groß sollte sie werden, eine Macht gegen Tyros und Euch, in ihr wollte ich wiedergeboren werden, mehr Phönizierin als Phönizien selbst, weil jünger und kreativer. Die konkrete Jungfräulichkeit dieser beiden Frauen war mir nicht so wichtig, es ging mir um das Symbol, welches ich mit ihrem Hymen verband, um meine Vorstellung von ihrer Rolle. Der Verrat dieser beiden Frauen bestand darin, daß sie ihr Kind nicht im Rahmen dieses Vorhabens empfangen hatten.

Bald würden wir Sabrata verlassen. Sollte ich also diese beiden Frauen mitnehmen und die Spuren des Verrats in ihrem Bauch? Dazu konnte ich mich nicht durchringen. Lieber noch die Reise hier beenden und mich damit abfinden, daß ich in dieser Stadt ohne König und Gottheit unterging.

Die Bitten der Priester konnten daran nichts ändern, auch nicht die Kniefälle der Senatoren, die Mahnungen der Soldaten. Manche Kaufleute gingen so weit, ihre Vaterschaft für die ungeborenen Kinder anzubieten ... Zwei Ruderer kamen mit dem Vorschlag, sie würden die beiden gewesenen Jungfrauen auf der Stelle heiraten, keine Fragen stellen und ihnen auch in Zukunft jeden Vorwurf ersparen ... Die anderen Frauen waren einverstanden, sie webten Windeln und summten dabei irgendein Wiegenlied, während ihre schwangeren Gefährtinnen sich damit vergnügten, Skarabäen über ihren Bauch zu reiben, und zur Übung stoßweise ausatmeten, im Hinblick auf die Geburt. Ihre Leichtfertigkeit überraschte mich nicht: Wer in dieser Gruppe war von meinem Traum, meinem Vorhaben erfüllt? Wer konnte sein Gewicht beurteilen?

Als wollte ich meine Autorität erneut bekräftigen, befahl ich, daß man mir noch einmal die Haare schneiden sollte. Ich versammelte die am wenigsten doktrinären Priester, die verläßlichsten Senatoren und jene Soldaten, die am wenigsten impulsiv waren, und sagte ihnen allen, sie sollten sich bereit halten, denn ich wollte eine neue Stadt gründen, ein neues Königreich als Gegenstück zu Tyros, das aber gleichzeitig dessen ewiges Bestehen in der Ferne gewährleisten sollte, weil von nun an alle, die vor Eurer Ungerechtigkeit und den Launen Eurer Herrschaft flohen, dort Aufnahme finden würden. Ich sagte ihnen, daß der letzte weibliche Sproß der Ithoba'al keine Angst vor dem Neubeginn hatte. Und in diesem unerbittlichen Aufbäumen meines Willens schien mir noch in Spuren der Drang sichtbar, weiterzuleben, etwas aufzubauen und zu lieben, trotz Irrfahrt und Exil.

Aber ich hatte Angst. Es war nämlich das erste Mal,

daß ich so leidenschaftlich und entschlossen diesen Gedanken zu Ende dachte. Die Phönizier gegen Euch führen? Mit den Assyrern gegen Tyros ziehen? Die Juden gegen Phönizien aufstacheln? Ein neues Königreich gründen? Solche Pläne hatte ich bisher nicht in Betracht gezogen; das alles hatte ich für unnötig gehalten. Und nun überkam mich also angesichts von zwei schwangeren Zypriotinnen die Vision einer neuen Stadt, erfüllte mich vom Scheitel bis zur Sohle, schien mir von selbstverständlicher Überzeugungskraft. Weder in Zypern (wo ich immerhin Vettern hatte) noch in Sabrata (wo wir ein Stück Land hätten kaufen können) hatte ich die Vision eines phönizischen Staates. Sie hätte auch keinerlei Echo in mir gefunden.

Suchte ich ein Heim, weil mein Körper, meine Wünsche plötzlich gealtert waren? War ich so kompromißlos aus Angst, bald eine alte Frau zu sein? Oder war es die nunmehr konkrete Aussicht, im Bauch meiner Gefährtinnen zu wachsen, mich vermehren zu können, die mich zur Rast einlud?

Niemand wird es je wissen. Ich hatte diesen Einfall meiner Zuhörerschaft zum Fraß vorgeworfen, nun war es zu spät, ihn zurückzunehmen, und zu früh, über ihn zu diskutieren. Ich ließ meinen Gefährten keine Wahl: Eine baldige Gründung lag vor uns, den Ort würden wir im geeigneten Moment bestimmen. Aber es würde nicht Sabrata sein, nicht Hadrumetum, Utica oder Gades.

Jungfräuliches Land sollte es sein, als wollte ich den Verrat der beiden Frauen von mir abwaschen. Ein

Land, wo weder Vetter, Verwandte noch Verbündete auf uns warteten. Ein Land, wie es blitzartig aus unserer Erinnerung auftauchen konnte, um zu leben und zu gedeihen. Ein Land, das uns wieder aufhalf, unseren Sagen und Gesängen, das sie verändern würde, ohne Scham und Zurückhaltung. In Liebe und Mitgefühl. Am liebsten ein unbewohntes Land, damit wir unsere, vom Violett der immer gleichen Sonnenaufgänge, vom häufigen Einbruch der Dunkelheit müden Augen ausruhen konnten. Unbekanntes Land, auf dem unsere Hände den Geist der Schönheit formen, ihm einen Körper geben würden. Zartes, mütterliches Land. Kein Vaterland (wer hat diesen unsinnigen Begriff erfunden, der nur auf den Vater verweist!). Ein Mutterland wünschte ich mir, ich würde es, wenn nötig, erfinden.

Aber was sollte ich mit den beiden Zypriotinnen anfangen, mit ihren Kindern, die sie entgegen meinem Vorhaben empfangen hatten? Sollte man sie als Reliquien der Irrfahrt bewahren, als lebendige Andenken an die Zeit der Ungewißheiten? Sollte man sie unseren Bräuchen gemäß opfern, damit unsere werdende Nation geboren wurde?

Wir zögerten, welcher Weg einzuschlagen sei, als mir die beiden bedauernswerten Ruderer einfielen, die sich in Sabrata versteckt hatten, und die Erwartungen unserer Gastgeber. Ich schlug vor, die beiden Schwangeren im Austausch gegen das landwirtschaftliche Traktat zu geben.

»Die beiden Frauen sollen die Ruderer heiraten, und zusammen sollen sie hierbleiben. Sie sollen sich dem Ackerbau widmen, ohne jedoch das Meer zu vergessen. Sie sollen die Leute von Sabrata in die Kunst der Seefahrt einweihen. Sie sollen die Musik und die Liebe zum König diesem naiven Volk verkünden. Sie sollen Elissa nicht vergessen und für sie beten!«

Ein weiteres Mal bildeten sich die Worte von allein, sie kamen aus meinem Mund, ohne daß ich überlegt hatte. Die Ideen drängten sich in meinen Geist, und ich hatte sie nicht herbeigerufen. Die um mich versammelten Männer strengten sich an, eine logische Verbindung herauszufinden, einen Willen, einen überlegten, festen Plan. Die Dinge schienen ihnen klar und wohlgeordnet: Flucht von Tyros, Zwischenstation auf Zypern, die Jungfrauen von dieser Insel, ein längerer Aufenthalt in Sabrata, eine phönizische Zelle als Stützpunkt, neuer Aufbruch zu einem jungfräulichen Land. Kurz, alle diese zufällig entstandenen Gedanken schienen ihnen jetzt vernünftig und vorhersehbar. Natürlich war es so, daß die Männer alle Ereignisse im nachhinein vernunftgemäß ordneten und somit allen Vorfällen eine gewisse Architektur verliehen. Es war ihre Intelligenz, die eine Ordnung in die Dinge brachte, und nicht mein Wille. Es war allein ihr Verständnis, was meine vagen Impulse in eine Wahl verwandelte, die ihnen wohlüberlegt schien.

Alle nahmen meinen Vorschlag an. Die Priester segneten ihn, als wäre er direkt ihren Gebeten entsprungen. Die beiden Frauen freuten sich über diese

Lösung. Plötzlich schien mir alles so einfach; wir mußten nur noch unsere Gastgeber überzeugen. Eine Delegation traf sich mit dem Volk von Sabrata, welches seine Freude zum Ausdruck brachte, mit den beiden Ruderern noch zwei schwangere Zypriotinnen aufnehmen zu dürfen. Der Agronom scherzte, er sagte, bei ihm hieße »schypriot« eine Falle für Heuschrecken. Meine Männer versuchten, den Zusammenhang zwischen den beiden Frauen und jenen Netzen aus weißem Tuch zu begreifen, die man gegen Heuschrecken aufspannte ... es gelang ihnen nicht. Ein letztes Mal tranken wir Dickmilch und Wein aus getrockneten Trauben. Ein Priester – der Überbringer des berühmten Briefes – beschloß, sich den beiden Paaren anzuschließen und bei ihnen in Sabrata zu leben. Das kam mir nicht ungelegen, im Gegenteil; ich hatte ihn im Verdacht, daß er der Vater eines der Kinder war, oder gar von beiden. Der Agronom fragte (halb im Scherz, halb um vorzufühlen), ob Elissa selbst nicht zu heiraten sei ...

Für eine Flöte, eine Laute, zwei Musikanten und zehn Skarabäen (die beiden Schwangeren, die Ruderer und den abtrünnigen Priester nicht mitgerechnet) wurden die Laderäume meiner Schiffe mit Weizen und Öl gefüllt, mit Roggen, Rosinen, Zwiebeln, Pistazien, Honig und Nelken ...

Ich suchte die da und dort verstreut liegenden Seiten des Traktats zusammen; ich ließ sie zusammenheften und in einen Umschlag aus Leder binden, und ich legte das Manuskript in die Schatulle mit den Gebetbüchern.

Ich küßte den Boden von Sabrata. Ich berührte die zarte und großzügige Erde dieser Hügel. Ich sog noch einmal die delikate Mischung aus Seeluft und dem Duft von Thymian ein. Und ich liebkoste das Smaragdgrün des Hafens mit meinen Blicken.

Sabrata verließ mich nicht, ich ließ nicht ab von Sabrata. Es schenkte mir das Versprechen von fruchtbarem Land und den faszinierenden Anblick eines Volkes ohne Monarchen. Ich gab ihm die Spuren von Tyros und den Zauber der Musik.

III

Der duftende Hügel

Habt Ihr beobachtet, wie sehr sich Morgendämmerung und Abendrot gleichen? Oder ist es vielleicht das Meer, das sie zu einem Licht verschmelzen läßt? Das Meer, das nun Sabrata in einen Mantel aus Nebel und entferntem Möwengeschrei hüllte. Der Hafen wurde wieder zu jenem verschwommenen Punkt, den wir bei unserer Ankunft gesehen hatten. Existierte er überhaupt? Oder war er eine Vision übermüdeter Seeleute, ein Produkt der entfesselten Phantasie von Reisenden?

Doch, Sabrata existierte, denn wir hatten dort Station gemacht und lebendige Spuren hinterlassen.

Aber exisitierte es auch sonst?

Angesichts des Vergessens, das schon jetzt die Erinnerung meiner Gefährten vernebelte, konnte man sich diese Frage stellen. Und doch nahmen wir ein Stück von Sabrata mit, trugen es in unseren Augen und Herzen: ein Hafen ohne Seegang, eine Stadt, durch deren Gäßchen man am liebsten auf Zehenspitzen geschlichen wäre, aus Angst, die feierliche Stille der Bewohner zu stören.

Als einzige schaute ich immer zurück. Auch wenn der Nebel Sabrata schon verhüllte, ich allein wollte es noch sehen. Die anderen schauten nach vorn. Sie hielten sich alle am Bug der Schiffe auf, zeigten unserer vorigen Zuflucht den Rücken. Aber es lag kein Undank in dieser Haltung, nur Vergeßlichkeit und die Lockung der Zukunft. Wie konfus empfinden wir die Zukunft! Neu und archaisch, gesund und krankhaft, vertraut und fremd. Eingebungen fesseln mich, Vorwarnungen verwirren mich, Prophezeiungen verführen mich, denn alles scheint sich unserem Willen zu entziehen und in diesem empfindlichen Gleichgewicht aus Zufall und Notwendigkeit festzuschreiben. Ich mag diese beiden Extreme, sie trösten mich. Und doch finde ich keinen Geschmack an der Zukunft, sie ist ein Laster der Eroberer, und Eroberungshunger ist mir fremd. Mir genügt es, in meinem Gedächtnis zu wühlen und meine Erinnerungen zu ordnen. Mir genügt es, zu lernen, wie ich meine Träume interpretieren kann, das allein ist eine gewaltige Freude. Und auch oberflächlich? Mag sein, aber es ist die einzige Freude, die ich ersehne; es beschäftigt und befriedigt mich. Die Lockung der Zukunft treibt oft nur ein unfruchtbares Spiel, und immer ist sie enttäuschend: Wenn etwas werden wird, sind wir nicht mehr; solange wir sind, ist es noch nicht! Aber ist die Zukunft denn immer nur ein Rätselraten, das nicht einmal Kinder zufriedenstellt? Scheint sie nicht wie ein Spiel ohne Regeln und Protagonisten, ein Nichts, das wir unbeirrbar mit Stolz und Ungeduld ausfüllen wollen, aus Angst vor der Leere?

Während Sabrata sich in Bilder, Gerüche und Farben auflöste, während die Alchemie meiner Erinnerung sich seiner bemächtigte, um es zum Schmelzen zu bringen, luden meine Gefährten ihren Ballast ab, den Blick starr an den unruhigen Horizont von Nord-West gerichtet. Der Hafen, den wir eben verlassen hatten, war nicht einmal mehr ein Andenken für sie, nur eine Zwischenstation; schon schien das Land meine Gefährten wieder abzustoßen.

Jetzt rief sie ein anderes Land. Und sie waren im Begriff, sich eine Vorstellung von ihm zu machen, es zu umreißen und zu formen. Im Geist bewohnten sie es schon. Manche wünschten es sich anders als Tyros und Sidon; ein zum Weinen leeres Land, lehmig und gewellt, ockerfarben unter dem Grün, kein Gebirge sollte es einschließen oder begrenzen, offen nach allen vier Himmelsrichtungen. So wollten es die Frauen und die Ruderer. Die Soldaten hätten es gerne am Gipfel eines trockenen Hügels gesehen, mit der Ebene durch verschlungene Pfade verbunden, ohne sichtbaren Reichtum, der Blicke auf sich ziehen konnte, als einzigen Gesang nur das Echo unserer Klagen, abends nach der Arbeit. Der Klerus machte sich über solche Vorsicht, solchen Bauernmut lustig; er sah ein reiches Land, das sich dem Unendlichen darbot, offen zum Meer, dem die Gebete entstiegen, und zur Ebene, aus der die zu bekehrenden Horden kamen. Eine Art Weltmitte, auf die man einen runden Tempel bauen konnte. Die Kaufleute lachten über die Priester und ihre Bekehrerträume; beim Würfeln umrissen sie im Geiste eine rechteckige Stadt, beschützt von Mauern aus Marmor, in die man durch vier Tore aus Eichenholz gelangen konnte, angeordnet um einen zentralen Markt und den Münzpalast. Eine gedeihende Stadt, in der die Tage ohne Lärm und Trägheit verflossen. Nichts fanden die Senatoren abstoßender; ihnen schien eine Stadt verdächtig, in der die Tage damit vergingen, daß man sie zählte wie die Früchte des Handels. Für sie war nicht von Bedeutung, an welcher Stelle wir unser Königreich gründeten, es kam ihnen auf den Zeitpunkt an. Und sie wollten, daß die Gründung sofort und ohne Verzug stattfand, sie wollten die Schaffung einer anerkannten Autorität, in deren Umkreis jeder seinen Platz einnehmen konnte, gemäß seinem Rang, der ihm vom Senat zugewiesen wurde. Projekte wie den runden Tempel und den Münzpalast lehnten sie ab, das waren für sie brüchige Fundamente, wenn nicht sogar überflüssiges Beiwerk.

Ich stand allein vor so vielen Projekten und Wünschen, wie die Zukunft zu meistern sei. Eben sagte ich es schon: All das ähnelte einem Rätselraten. Ich wollte keine Illusion nähren, keinem Plan den Vorzug geben.

Das Land, welches uns aufnehmen würde, sollte sein, wie es war: flach oder bergig, grün oder trocken, offen oder unzugänglich. Es war nur ein Behälter, mehr nicht, zu formendes Material. Es würde genau das sein, was wir sein würden. Es würde so aussehen, wie wir es gestalteten. Sein Los war das eines jeden Landes: ein Ort zu werden, der offen ist für die Träume und Visionen einer Gemeinschaft.

Ernährt der Boden den Menschen, oder erfindet der Mensch den Boden und nährt ihn? Die Agronomen von Sabrata neigten sicher dem ersteren zu. In den Augen einer Nomadin wie mir erschien die zweite Ansicht wahrscheinlicher, zumindest hielt ich sie für fruchtbarer. Sagt man nicht, daß unsere Verbindung zur Erde *sinnlich* ist? Heißt das nicht, daß wir den Boden einerseits mit unseren Sinnen angehen, aber auch mit der Gesamtheit aller Sinngebungen, durch die wir ihn prägen? Unterscheiden wir uns von den anderen Tieren nicht dadurch, daß wir den Trieb verspüren, den Dingen und Ereignissen einen Sinn zu verleihen?

»Die Erde ist ein Buch, dessen Kapitel von den Gruppen geschrieben werden, die sie bewohnen.« Dies lehrte mich mein Onkel Acherbas, als er mich in die Geographie einweihte: »Alle Geographie kommt aus dem Geist der Völker«, sagte er und zeigte mir auf Karten sowohl die Wege der Nomaden als auch feste Siedlungen. »Hier trennt ein Gebirge, dort drängt es zusammen und schafft Verbündete. Hier teilt ein See die Menschen und verstreut sie, dort wirkt er wie ein Bindeglied. Grenzen gibt es nur in unseren Köpfen und Herzen.« Und er beschrieb mir ausführlich die Sitten der Nomadenvölker. Sie bauen ihre Zelte und Dörfer erst dann auf, wenn der Boden abgegrenzt, bestimmt, zugeteilt und benannt ist. Selbst bei einer kurzen Rast in der unendlichen Wüste wollen die Nomaden dem Stück Boden, das sie bewohnen, einen Sinn geben. Auch für sie ist Herrschen nichts anderes, als einen Raum abgrenzen und eine Bedeutung für den Lauf der Zeit erfinden. Entgegen allem, was über sie geredet wird, unterscheiden sich die Nomaden kaum von den Seßhaften, beide haben den Drang zu wissen, wovon die Erde bestimmt wird, und gedeihen erst, wenn sie sich ein Gebiet geschaffen haben, indem sie es mit ihren Mythen prägen.

Ich hörte mir die Streitereien meiner Männer an und verstand ihre unterschiedlichen Ansichten. Was sie trennte, war nicht die Beschaffenheit des Bodens, sondern einzig und allein das Wesen unseres Projekts, die Bedeutung der Zeichen, die wir ihm einschreiben würden. In diesem Streit stand das Land für alle Bilder, Werte und Symbole, die wir auf ihm ansiedeln wollten. Nicht das Land in seiner konkreten Form, nicht seine Beschaffenheit trennte diese Gruppen, sondern ihre Leidenschaften, ihre jeweiligen Interessen. Unwichtig, welches Gebiet wir in Besitz nahmen. Was meine Männer trennte, war nicht der Boden, sondern wie er erfunden und bewertet wurde: die *Schönheit* der Lage, gesteigert durch grüne Flecken auf dem Ocker des Lehms. Die ungebändigte *Gleichheit* der Dörfler, die, auf sich selbst bezogen, am Hang eines Gebirges Schutz suchten und eifersüchtig über ihre Autonomie wachten. Der großmütige, feste *Glaube* dem Unbekannten gegenüber, der mitten in einer Ebene ohne Grenzen seine Gestalt finden würde. Die *Freiheit* des Handels, stolz und ostentativ ausgestellt in einer soliden Währung, seinem Ebenbild. Die absolute *Ordnung*, die ein hochmütiger und pedantischer Senat schützte. Das war es, was meine Gefährten trennte, das war es, was ihrem Streit Nahrung gab. Die

Gruppen diskutierten über Zeichen, Werte und Symbole, nicht über das Behältnis, das sie aufnehmen sollte. Das Land, jenes wirkliche Stück echten Bodens, war nicht der Zankapfel. Denn in ihrem Konflikt blieben meine Männer alle miteinander außerhalb der konkreten Realität der Dinge, sie hielten sich noch bei den Vorbedingungen auf, bei vorgegebenen Wertigkeiten.

Aus diesem Grund wollte ich mich nicht in ihre Auseinandersetzung einmischen, kein Streit ist nämlich erbitterter, monotoner und tödlicher als der über Werte, wie Ihr wißt. Das sind keine vernünftigen Händel, wo man die Dinge einmal zurechtrücken könnte. Streitereien über Geistiges sind vielmehr zweifelhafte Expeditionen, die eine Generation an die nächste weitergibt. Sie bergen unerschöpfliche und unausweichliche Kriege, bei denen es nur Besiegte gibt ...

Das Leben, das wirkliche Leben, nistet anderswo.

Weshalb muß man ein Meer überqueren, um zu sterben?

Die Ankunft in Hadrumetum stellte mich vor diese Frage. Der Anblick dieser Stadt war auf so schmerzhafte Weise häßlich, daß vor ihm sofort die Streitereien meiner Gefährten verstummten. Wie durch einen Zauber. Ja, eine Art Zauber. Als hätte uns der

Anblick des Häßlichen in den Zustand allgemeiner Lähmung versetzt, als wären wir alle gleichermaßen von ihm angezogen. Im Grunde gibt es keinen wirklichen Unterschied zwischen dem Schönen und dem Häßlichen, beide sind sie überschwenglich und verstiegen. Sie rühren von derselben Magie, rufen ähnliche Gefühle hervor. Nicht ohne Grund schreibt man ihnen dieselbe Faszination zu.

Keine Spur von Harmonie oder Gleichgewicht in dieser Stadt. Wir konnten weder einen Plan, noch ein Muster von Hadrumetum ausmachen. Boote drängten sich im Hafen, alle waren sie ungeduldig, diesen stinkenden Ort zu verlassen. Waren, Menschen, Tiere, Stände, buntgescheckte Zauberinnen, verblüffte Krieger und untätige Händler standen sich gegenseitig im Weg und verbreiteten einen einförmigen Überdruß. Ein alter phönizischer Tempel erstreckte sich mit verwaschenen Farben im Schatten einer blassen Palme: Mir widerstebte es, ihn mit jedweder Form von Religion in Verbindung zu bringen. Im Rücken des Hafens kein grüner Hügel, keine vielversprechende Stadt; die Anlagen verloren sich in einer Monotonie aus verkrüppelten, von einer allzulangen Wartezeit gequälten Olivenbäumen. Alles schien nur zufällig da zu sein, aber auf Grund eines Zufalls, der nichts mit Hoffnung, dafür um so mehr mit Bitterkeit zu tun hatte. Kein Stolz in dieser Stadt, nicht einmal Eitelkeit; nur ein unbegreifliches Abwarten, als hätte man hier einen Hafen ausgehoben und den Rest nur schnell zusammengezimmert, in Erwartung eines Besseren.

Ich wußte, daß entfernte Verwandte über diese Gestade irrten. Ich hatte mir sagen lassen, daß schon vor uns Phönizier an diesem Hafen gewesen waren. Am Ende hatte Hadrumetum sie in dieser Flut von Provisorien ertränkt. Was hier nämlich am meisten störte, war der niederschmetternde Eindruck, daß ein Provisorium ... auf Dauer angelegt war. Das Provisorium ist aber der Feind der Erinnerung, eine Zeit, welche Zeit vernichtet, und zwar Stück für Stück, eine Falle für unentschlossene Völker, solche, die nicht wissen, daß jede Hervorbringung erst mit der Dauerhaftigkeit ihre Würde bekommt. Hitzig und wirr, schien Hadrumetum nicht über die eigene Zeit zu verfügen; die Dauer arbeitete gegen diesen Ort.

In diesem Bild, das mir der aufgeregte Hafen bot, versuchte ich das Gesicht eines Passanten auszumachen, einen Blick einzufangen, einen gemeinsamen Zug festzuhalten ... Aber das Hin und Her erlaubte mir nicht, in den Bewegungen der Menschen zu lesen. An ihrer Gesichtsform glaubte ich die Spuren einer unvollendeten Vermischung zu erkennen, einer Art Frühgeburt. Es war nicht mehr Afrika, was ich hier vor Augen hatte, aber auch noch nicht Asien. Als hätten sich zwei Kontinente um ein Abbild gestritten, und beide hätten es danach nicht mehr zusammengebracht. Zwar ist es gut, daß sich zwei Formen von Geschichte gegenseitig durchdringen, wenn sie sich aber auf ein und demselben Gesicht zerfetzen, gehen beide daraus entstellt hervor. Ich habe in Ägypten die prachtvollen Feste einer vollendeten Vermischung gesehen. Mit Bewunderung konnte ich sehen, was verschiedene Zivilisationen und Energien dort an Großartigem und Schönem hervorgebracht hatten. Unterschiedliche Formen von Geschichte vermengten sich dort in einer außerordentlichen Bewegung und fanden ihren Abschluß in einem Lebensdrang. Hier jedoch waren zwei Kontinente auf der Suche nach dem kleinsten gemeinsamen Nenner; das Ergebnis entsprach dem Vorhaben: Es war kümmerlich. In zwanghaftem Kompromiß, getrieben von Konzessionen, starben in Hadrumetum zwei Kulturen.

Wir hatten uns kaum von der Faszination des Häßlichen erholt, als der Tod bei uns zuschlug. Warum sagt man, daß der Tod *schlägt*? Wer behauptet denn, daß der Tod *auf leisen Sohlen kommt*? Ein Herr, auf den man so lange wartet, kann weder zuschlagen, noch kommt er auf leisen Sohlen. Er dringt ein, durchtränkt, füllt aus. Er mischt, ordnet, schmeichelt sich ein. Der Tod schlägt nicht zu, er hat niemals zugeschlagen! Er läßt sich nieder. Diesen unsichtbaren Begleiter meiner Besatzung hatten wir völlig vergessen. So früh hatten wir ihn nicht erwartet. Mußten erst Häßlichkeit, Übermüdung und das Gewicht unserer Pläne zusammenkommen, damit er sich wieder erhob und forderte, was ihm zustand? Dieser gnadenlose Gläubiger war also auch auf meinen Schiffen. Er hatte sich zwei Priester und einen Senator ausgesucht. Im Augenblick schien er sich damit zufrieden zu geben.

Die Erinnerung an Tyros und Eure Grausamkeiten haben mir geholfen, dem Schmerz und der Trauer vorzubeugen. Kein Schrei war von meinen Schiffen zu hören. Freilich drängten sich schon die Gaffer um uns. Wollten sie das Leid mit uns teilen oder sehen, wie Phönizier weinen? Wir weinten nicht. Wenn wir auch den Tod nicht gesehen hatten, so war er uns doch vertraut. Brauchtum und Gewohnheit befreien uns langsam und unmerklich, indem sie unsere Gesten, unser Verhalten, sogar unsere Empfindungen regeln. So mußten wir uns darüber keine Gedanken machen.

Im vorliegenden Fall war ich Priesterin, die Wächterin der Zeremonie. Ich befahl den Mädchen, sich die Haare zu schneiden, und den Priestern, den Gesang für die Seelen auf Irrfahrt anzustimmen. Senatoren und Soldaten sollten sich das Gesicht zerkratzen und die Ruderer den einförmigen Totenchoral singen. Ich zog ein weißes Gewand an und schloß mich unter Deck ein. Die Bittgesänge an Nut[12] waren mir vorbehalten, ich mußte versuchen, sie günstig zu stimmen, ihr Mitleid zu erregen. Eine Einsame ruft die Einsame an. Zwei Frauen und der Tod. Zwei Frauen und das Gebet. Wer hat es sich ausgedacht, daß Frauen für Tränen, Trauer und Mitleid zuständig sind? Statt Göttinnen der Anteilnahme zu erfinden, hätte man sie besser mit keinem Geschlecht ausstatten sollen! Mußten wir unsere Irrtümer noch bis in den Himmel verlängern? Wie uns die Götter gleichen, wie sie uns nachahmen! Sie sind nicht einmal das Gegenbild von unseren Geschöpfen, sie sind unsere Geschöpfe! Sie sind mit unseren Grausamkeiten ausgestattet, mit unserem Mitleid, unserem Ehrgeiz und unseren Mängeln. In diesem stickigen Unterdeck war ich Nut und Nut war Elissa: zwei Frauen zu einem Gebet vereint. Hätten zwei Männer nicht ebenso gut das Feuer der Gefühle wieder entzünden können? Gewiß, die Bittgesänge wären andere gewesen. Aber die Art der Bittgesänge ist so unwichtig wie das Geschlecht derer, die sie singen, wenn nur der Seelenfriede am Ende des Weges steht. So dachten auch die Priester, aber sie verabscheuten die Vorstellung, unsere drei Toten in Hadrumetum zu begraben. Deshalb schlugen sie vor, die sterblichen Überreste einzubalsamieren und auf unsere Irrfahrt mitzunehmen. Das fand ich genauso abstoßend, wie sie die Vorstellung, unsere Mitbürger in einem derart häßlichen Land zurückzulassen, nur, daß mir das noch erträglicher schien. Eine Verewigung in Balsam war noch nie Sache der Phönizier gewesen. Dieser Kampf der Spezereien gegen die Zeit hat mich immer kaltgelassen. Und diese mit Harz durchtränkten Binden kamen mir viel zu dünn vor, um einen so schwerwiegenden Traum zu bewahren.

»Es ist nicht gut, wenn wir der Versuchung nachgeben, Gott nachzueifern«, sagte ich zu meinen Gefährten, »Phönizien ist nicht Ägypten. Und die Ithoba'al wollen nicht wie die Pharaonen sein. Jedes Volk soll seine Form von Ewigkeit für sich erfinden, unsere ist die des Scheiterhaufens. Ich werde von diesem Weg nicht abgehen.«

Manche Priester, die eine Schwäche für ägyptische Pracht und das maßlose Denken der Pharaonen hatten, hörten das nicht gerne, sie wollten sich über meinen Eigensinn hinwegsetzen. Sie erbaten sich Balsam von den Leuten aus Hadrumetum. Diese legten ihnen Rindenstücke des Feigenbaums, Lorbeerblätter, Granatzweige und Olivenäste vor und stammelten ein paar Entschuldigungen, denen zu entnehmen war, daß der Balsambaum, der Weihrauch aus Java, aus dem die Ägypter ihren Ersatz für die Ewigkeit gewinnen, in Hadrumetum völlig unbekannt war ... Die Natur rettete mich also. Sie versagte den Priestern die Mittel für ihren Ungehorsam. Aber diese wollten immer noch nicht das damit ausgesprochene Gottesurteil annehmen und machten mir neuen Ärger: Da Balsam und Binden mit Spezereien fehlten, schlugen sie vor, die Toten ins Meer zu werfen!

»Auf diese Weise nimmt das Meer zurück, was es gegeben hat ...«, sagten mir Senatoren und Soldaten, ganz im Banne der Idee, unsere Riten zu reformieren.

Ich blieb standhaft: »Unsere Riten sollen nicht bei der ersten Gelegenheit einer Reise geändert werden«, gab ich ihnen zur Antwort, »sie sind ein Teil unseres tyrischen Erbes. Es wird keine Reform geben, nicht heute und nicht an diesem Ort.«

Alle protestierten: Den Faden der Erinnerung sollte man kappen, noch einmal ganz von vorn beginnen, Tyros und die Tyrier vergessen; keine Schonung mehr für diese verstaubten Werte, dieses Gerümpel, eine Neugeburt in Hadrumetum! In der Häßlichkeit dieses Hafens wollten sie nach der Ewigkeit greifen ... Man bestürmte mich mit Verkündigungen und Appellen. Ich verstand die Beweggründe der Rebellen, auch ich hoffte auf Vergessen wie auf ein Wunder. Und doch brachte mich die Aufregung des Klerus in dasselbe Dilemma wie die Schwangerschaft der beiden Zypriotinnen: Zuerst hatte neues Leben eine Veränderung gefordert, und nun war es der Tod. Auch sonst waren beide Vorfälle einander ähnlich. Beide Male befanden wir uns in Augenblicken des Umbruchs, flüchtigen Momenten, wo der Mensch an das Nichts zu rühren und im Vergessen aufzugehen glaubt. Ja, die Vernunft konnte das Vergessen simulieren; aber die Identität einer Gemeinschaft ist keine verschwommene Hinterlassenschaft, die man einfach aufgeben kann, sie ist kein Gegenstand der Vernunft und auch nicht unserem Gutdünken unterworfen. Identität hat das Gedächtnis als Sockel und ist auf Dauerhaftigkeit gebettet; beides war nur in der Form zu haben, wie es war. Wir konnten uns jetzt nicht einfach aussuchen, was unseren Vorstellungen zusagte, und ablehnen, was uns gerade mißfiel, wie auf einem Markt.

Die Identität, auf die ich mich hier berief, war ein Ganzes; und für dieses Ganze hatte ich zu garantieren. Wenn die Rebellen Hadrumetum als widerwärtig empfanden und ebenso die Vorstellung, unsere Verstorbenen hier zu beerdigen, dann war ich mit ihnen einer Meinung. Aber der reine Ekel war keine gute Basis für einen Akt der Wiedergeburt und der Erneuerung. Wir brauchten eine positive Identität, eine andere war nicht zu haben.

In Hadrumetum würde es kein Tophet[13] geben. Das hatten die Priester beschlossen, und es stimmte mit meinen Wünschen überein. In diesem Durchgangsland sollten weder Stelen noch Obelisken errichtet werden. Solange Cippi und Baitylien unseren Dank an den Meister der Stadt[14] bezeugten, solange wir in den Stein meißelten, was uns beseelte und antrieb, konnten wir uns mit diesem Zwitterhafen nicht zufrieden geben. Der Himmel über Hadrumetum war allzu fad, um einen würdigen Zeugen abzugeben für das Gebet, das uns mit unseren Göttern verbindet, und unsere Gräber waren mehr als nur Totenstädte, von armen Seelen auf ihrer Irrfahrt durchzogen. Das Tophet sollte in endgültiger Erde ruhen, hier waren wir nur aus Zufall.

Und doch, trotz dieser stolzen Gedanken mußten wir unsere Toten beisetzen, und es war noch nichts geschehen. Bei diesem Trauerfall war ich Oberpriesterin, und so kam es mir zu, den Ritus des Übergangs zu zelebrieren; aber zuvor mußte ich die Leute von Hadrumetum um ein Stück Boden für das Grab bitten.

Ich zog wieder ein Gewand aus weißem Leinen an, setzte eine rote Tiara auf, nahm einen heiligen Stein in die Hand und begab mich mit einer kleinen Delegation zum Tempel von Hadrumetum. Dort war es so dunkel, daß ich die Gesichter meiner Gesprächspartner kaum erkennen konnte. Ich verstand kaum ihre Reden, aber sie sagten auch nicht viel. Sie brummten dauernd Sätze vor sich ihn, aus denen ich in Fetzen immer wieder dasselbe heraushörte: »Die Leute vom Horizont ... die Leute aus der Stadt ...« Ich habe schließlich begriffen, daß ich es war, die sie verächtlich zu den »Leuten vom Horizont[15]« zählten, und daß solche Leute ihrer Vorstellung nach mit denen aus der Stadt keine Gemeinsamkeit hatten. Auf diese Weise teilte man in Hadrumetum die Welt schon rein sprachlich ein: Leute von hier gegen Leute von anderswo. Und das Anderswo mußte zwangsläufig trüb sein, verschwommen und abscheulich wie der Horizont. Ihre Schamlosigkeit verblüffte mich. Kannten diese Leute so etwas wie Träume? Hatten sie nur einmal die Anziehungskraft des Horizonts gespürt? Hatten sie vernommen, was da hinter ihren Olivenbäumen rauschte? Diese Leute wohnten am Meer und liebten es nicht; bei so viel Unverstand mußte man abstumpfen. Allerdings boten sie mir einen abgelegenen Zipfel auf ihrem Friedhof an (Brachland, das an ihren Olivenhain stieß) und erlaubten mir, dort ein Gemeinschaftsgrab auszuheben: »Aber keine Inschrift oder ein anderes Erkennungszeichen«, wagten sie mir nahezulegen.

Weder Gold noch Silber noch Skarabäen konnten Patrizier mit solchen Scheuklappen erweichen, das war mir klar. Ihr Mißtrauen, ihre Verachtung waren auch mit inständigen Bitten nicht aus dem Weg zu räumen. Wer drei Leichen fürchtete, mußte in ständiger Angst leben, und dagegen ist kaum ein Kraut gewachsen. Von der Angst kann man geheilt werden, aber selten von der Angst vor der Angst. Soldaten und Senatoren waren verletzt von der Arroganz der Patrizier von Hadrumetum, sie dachten an einen Handstreich gegen diese gnadenlose Stadt. Die Priester und ich, ausnahmsweise einer Meinung, lehnten diese Idee ab. Man kann gegen die Angst keinen Krieg führen, sie würde aus ihm nur gestärkt und noch fruchtbarer hervorgehen. Weil unsere Verhandlungspartner nicht von einer einfachen Angst erfüllt waren (dieser hätte man leicht entgegentreten können), weil sie Angst davor hatten, Angst zu haben, mußten wir ihrer Empfindung ausweichen, sie täuschen und ihr eine Falle stellen. Wir mußten sie mit einer grausamen Tat konfrontieren, einem Entsetzen, das ihrer imaginären Angst den Boden entziehen würde, indem es ihr einen realen Grund gab. Ich beschloß, hier in Hadrumetum ein rituelles Brandopfer abzuhalten. Ohne Tophet, ohne Tempel würde ich ihnen hier ein Molek[16] vorsetzen! Unsere Vettern, bisher ohne echten Status in der Stadt, waren bereit, ihre Kinder für unser Opfer zu geben, das diese Erde reinigen würde, indem es unsere Asche, unsere Seufzer für immer mit ihr vermischte.

Die Leute vom Horizont hatten auch einen Gott, einen Glauben und eine Zukunft: Das zu beweisen, machten wir uns beim siebten Sonnenaufgang seit unserer Ankunft an die Arbeit. Die Ruderer fällten zehn Olivenbäume auf einer kleinen Anhöhe ein paar Fuß über dem Meer. Verblüfft und noch im Halbschlaf, versuchten die Patrizier von Hadrumetum nicht, zu protestieren. Sie hatten von einigen Juden, die von Zypern und Sidon aus hierhergekommen waren, gehört, daß die Phönizier den Brauch hatten, ihren Göttern mit Kinderopfern neue Kraft zu spenden. Ein solches Opfer hatten die Leute noch nie gesehen, und so strömten sie herbei wie zu einem Spektakel, offenbar wollten sie sich nichts entgehen lassen. Unsere Moleks waren für sie ebenso abstrakt wie jene Sagen und Legenden, mit denen man Kindern schlimme Nächte bereitet, einfache Erzählungen, bei denen sich der Mensch aus Spaß selbst Angst macht. Ungläubig bildeten sie einen Kreis um die Grube, die meine Männer ausgehoben hatten. Die Spenderfamilien hielten sich abseits und machten eine stolze Miene. Abgesehen von den Beckenschlägern, die jeden Anwesenden mit ihren Instrumenten betäubten, standen alle regungslos da, als das Feuer die Kinder aufnahm. In der Ferne sahen wir, wie die Sonne das Meer umhüllte. Das Frühlicht wechselte von Rosa auf blutiges Rot, dann auf ein golden glänzendes Violett. Die Äste der Ölbäume glitzerten. Ein neuer Tag wurde geboren.

In ihren Zeremoniengewändern verlasen die Priester die Gebühren für die Opferung. Die Spenderfamilien legten ihre Gaben zu meinen Füßen nieder und bezahlten so ihren Anteil. Die Flötenspieler und Beckenschläger stellten sich im Kreis um die Grube; Ruderer, die Fackeln trugen, geleiteten mich zur Graböffnung. Unter den Augen der Patrizier von Hadrumetum nahm ich die Urnen und ließ sie ins Grab fallen. Als die Sänger den Abschiedsgesang anstimmten, stieg ich hinab in die Grube und legte die Gaben nieder: Skarabäen, versilberte Talismane, Rohgold, Ambra und Tonkrüge. Weil ich weder Stelen noch Obelisken unter dem gnadenlosen Himmel dieses Hafens wünschte, befahl ich einem Senator, ein schlichtes Epitaph einzumeißeln, dazu noch eine Zeichnung ohne Schnörkel:

»Weil sie seine Stimme gehört haben, wird er sie segnen.« Das war unsere Widmungsformel. Die Zeichnung stellte die Reise von Körper und Seele auf dem Weg zur Ruhe dar, zumindest stellten wir uns diese Reise so vor: Auf blaugefärbtem Kalkstein waren ein Hahn, ein Altar und eine Stadt zu sehen.

Jetzt würden sich unsere drei Verstorbenen mit der Erde dieser Stadt vermischen; niemand würde den Frevel wagen, sie wieder auszugraben.

Sollten die Patrizier von Hadrumetum sich über unser Rätsel den Kopf zerbrechen! Sollten sie herausfinden, welche Sanftheit hinter unserer scheinbar grausamen Tat versteckt war. Man sagte zwar, für Metapher und Allegorie seien sie kaum zu haben, aber sollten sie doch lernen, was die Leute vom Horizont an gelebten Legenden, magischem Staub verbargen.

Aber diese Leute schwangen sich zu Richtern über uns auf: Wut folgte auf ihre Skepsis. Sie gingen fort und sagten vor sich hin, eine wahnsinnige Prinzessin sei in ihre Stadt, ihren Olivenhain eingedrungen, sie würde Bäume fällen (das größte Verbrechen hier!), und riesige Feuer würden die Hälfte aller Kinder der Stadt verzehren, ganz Hadrumetum würde in einem letzten Anfall der Leute vom Horizont niederbrennen!

Der Tag neigte sich schon seinem Ende zu, als die Menge die noch rauchende Anhöhe umringte. Kreischende Hexen, verängstigte Gaffer, fahrende Händler beschimpften meine Männer, wollten wissen, was aus den Kindern von Hadrumetum geworden sei. Ich machte ein Zeichen, daß ich verhandeln wollte, man antwortete mir mit Steinen und Dreck! Für diese Leute war ich eine Kinderfresserin, eine Ungläubige, grausam und todessüchtig.

Die Belagerung dauerte schon mehrere Stunden, als sich meine Priester im Schutz der Nacht in die Stadt schlichen, um unsere Vettern zu holen und die erregte Menge von hinten anzugreifen. Hadrumetum wollte unseren Tod, die Leute waren von absurden Gerüchten berauscht. Ein Gewirr von Anschuldigungen zog sich wie eine Schlange durch die lauen und düsteren Gassen der Stadt: Die Patrizier wollten uns nicht verzeihen, daß wir Ölbäume gefällt hatten, das war in ihren Augen ebenso verbrecherisch wie Kindermord. Die jüdischen und zypriotischen Händler hetzten sie noch mehr auf, indem sie gegen uns vorbrachten, wir würden nicht die eigenen Kinder opfern, sondern die der anderen, keine besonders neue Beschuldigung! Das Gerücht schwoll an, uferte aus. Es sonderte seine eigene Wahrheit ab, war sich selbst genug. Nicht zum ersten Mal war es mir auf meinem Weg begegnet. Während unserer ganzen Reise, bei allen Zwischenstationen konnte ich feststellen, wie unsere jüdischen, assyrischen und griechischen Feinde versuchten, uns als ein levantinisches Volk anzuschwärzen, das unerbittlich im Handel, stolz im Wohlstand und unstet im Glauben war[17]. Ich kannte diese Triade schon auswendig, mit der neidische Kaufleute und zimperliche Priester uns Übles nachsagen wollten, ich war nicht überrascht, daß man sie mir nun wieder vorhielt. Sie paßte sehr gut zu diesem häßlichen Ort, diesen eitlen Leuten und ihrer beschränkten Sprache.

Nein, Hadrumetum verdiente kein Tophet.

Leider habe ich erst später erfahren, daß das, was man uns vorwarf, mehr als nur ein Gerücht war. Wie meine Gefährten mir sagten, waren die Vorwürfe begründet. Unsere Feinde hatten sich das alles nicht einfach aus den Fingern gesogen. In der Tat hatte man afrikanische Kinder geraubt und anstelle der unsrigen geopfert. Wenn die Juden und Zyprioten unsere Schandtaten übertrieben, war das nicht verwunderlich; aber erfunden hatten sie sie nicht.

Mein Gott, wie konnten wir nur unsere Götter belügen. Mußten wir zusätzlich zu unserer Irrfahrt einen solchen Frevel auf uns laden? Ihr, Pygmalion, lügt nicht. Ihr wißt, daß seit dem Tod des Königs Mattan Tyros von der Krätze befallen ist, und Ihr habt beschlossen, der unerbittlichen Logik Eures Wahns zu folgen. Das Ende unserer Dynastie und der Untergang

Phöniziens bedeuten Euch nicht viel, solange Euer Name Angst einflößt!

Aber wir?

Wir, die wir uns für den *deus ex machina* im Kampf gegen das Schicksal halten; wir, die wir von einem jungfräulichen, gerechten und schönen Phönizien träumen?

Ach, weil der Mensch dem Menschen treu bleibt, wird ihn keine Reise läutern. Auch den Pionieren klebt mehr Vergangenheit an den Sohlen, als ihnen recht sein kann. Eine Illusion weniger! Aber zumindest das Los der Verwesung werde ich nicht apathisch ertragen. Ich werde mich kämpferisch zeigen, gerade dem Schicksal gegenüber.

Aber was sollte ich jetzt gegen die Leute von Hadrumetum tun?

Offensichtlich war von ihrer Seite keine Gnade zu erwarten, denn unsere Götter mußten ihnen grausam, unsere Priester mußten ihnen verlogen vorkommen. An ihre Götter konnte ich nicht appellieren,ihre Religion war so abstrakt, daß ihre Götter keinen Namen hatten. Ihr Glaube besagte, daß das Heilige überall war, ebenso wie der Wahnsinn. Für sie hatte Gott kein Angesicht und alle Gesichter. Er hatte kein Attribut und alle Attribute. Keinen Namen und alle Namen. Weder Theologie noch Exegese verstellten ihnen den Glauben. Weder Priester noch Führer sprachen für sie. Eine einfache Matte, unter einem Olivenbaum ausgebreitet, genügte ihnen zum Gebet. Eine einfache Waschung genügte, um sie zu läutern. Ihr Leben und ihr Verhalten war gerade durch zwei oder drei schlichte Vorschriften geregelt, die sogenannten »Prinzipien der Gleichwertigkeit«. Dem ersten Prinzip zufolge war alles gleichwertig, weil alles an der Natur der Dinge teilhatte; dem zweiten zufolge trug sich zwar alles zu, konnte sich jedoch nicht einfach nur zutragen. Wenn ich das richtig verstanden habe, stellten ihre Prinzipien der Gleichwertigkeit nicht eine Architektur der Entsprechungen dar, sondern einen Haufen beliebiger Werte, wobei keiner mit dem anderen in Zusammenhang zu bringen war, niemand mit niemandem, keine Handlung notwendig auf eine andere folgte, kein Entschluß sich zwingend in eine Ordnung einreihte. In ihren Augen war alles gleichwertig, also war andererseits nichts notwendig. Ihr drittes Prinzip verkündete nämlich, daß jede Handlung von vornherein dazu neige, den Zufall zu verbergen, der sie veranlaßt hatte. Auf diese Weise trug jedes Ding sein Gegenteil, barg jedes Wesen seinen Gegensatz in sich, ging jedes Ereignis mit dem Keim des Vergessens schwanger.

Abgesehen davon, daß diese Art, die Dinge zu sehen und zu begreifen, mich faszinierte, sah ich mein Heil in den Fugen dieses Glaubens: Wenn nämlich ihre Prinzipien der Gleichwertigkeit (hier konnte man von Prinzipien moralischer Art sprechen, denn Leben und Moral waren in ihren Augen ein und dasselbe ...), wenn also, wie gesagt, ihre Prinzipien sich auf diese Weise in einer allgemeinen Zustimmung gegenüber dem Relativen und Beliebigen auflösten, dann konnten die Leute von Hadrumetum, wenn nicht verzeihen, so doch immerhin unsere eigene Wahl tolerieren, weil sie in ihr nichts als eine Kette von Kontingenzen sahen. Ein Volk, für das Geschichte keine Geschichte hat (weil weder Anfang noch Ende), ein Volk, für das es weder Kraft noch Schwäche, weder Mut noch Feigheit, weder Verbrechen noch Buße gab, sondern nur widersprüchliche und komplexe Eigenschaften, ein solches Volk konnte meine Bitte um Verschonung annehmen.

Mochte die Philosophie der Leute von Hadrumetum für eine solche Lesart auch zugänglich sein – die Pläne unserer jüdischen und zypriotischen Feinde standen ihr um so kompromißloser entgegen! Sie brachten mich von meinem eschatologischen Höhenflug auf den Boden handfester Berechnungen und Interessen zurück. In der Tat ging es ja um Handel, Geschäft, um ihre Läden und Märkte, um Geld und Monopole. Als schwerfällige Konkurrenten standen sie im Schatten unserer Vettern aus Hadrumetum, nicht nur, weil diese billiger verkauften, sondern sich auch auf alle Kontore stützen konnten, die wir überall auf der Welt gegründet hatten. Das und nur das war es, was man uns nicht verzeihen konnte. Wir hätten alle Ölbäume von Hadrumetum fällen, alle Kinder rösten können, unsere Konkurrenten hätten deshalb nicht einen ihrer Läden aufs Spiel gesetzt! Aber Handel treiben, seine Kundschaft pflegen, Arbeit gegen Arbeit tauschen, Silberminen entdecken und das Silber zu den Völkern bringen, die es begehrten, das waren Verbrechen, von denen man sich nicht loskaufen konnte, unverzeihliche Sünden.

Gerne hätte ich mit den Patriziern von Hadrumetum gestritten, eine Debatte mit ihnen geführt über Gewißheiten und Ungewißheiten, Geschick und Zufall, die vielfältigen Gesichter der Religionen und die Einheit des Himmels. Gerne hätte ich aus ihrem Mund erfahren, warum derart ästhetische Ansichten in dieser häßlichen Stadt verkommen mußten ... Leider waren es die Kaufleute, mit denen ich zu verhandeln hatte. Außer Atem bestiegen sie die kleine Anhöhe, auf der ich Zuflucht gefunden hatte. Mit geheuchelter Würde hielten sie sich Taschentücher vor die Nase, als wollten sie mich an mein Brandopfer erinnern. Sie deuteten auf die Befestigung der Stadt und sagten mir, daß diese Mauern dem Meer mißtrauten:

»Sie schützen uns vor dem Ozean, und zwar nicht vor seinen Unwettern, die hier ebenso überraschend wie heftig sein können, sondern vor den Horden der Seevölker, den Freibeutern der Küste, den Piraten, die vom Horizont kommen ...«

Das sprang wirklich ins Auge, es war mir bisher nur noch nicht aufgefallen! Ja, Hadrumetum schaute nicht aufs Meer (sonst hätte man Öffnungen in seiner Befestigung angebracht), Hadrumetum überwachte das Meer; es spähte aus und schützte sich vor ihm. Das war meines Wissens das einzige Beispiel von einem Hafen, der dem Wasser und seinem Echo mißtraute. Als wir mit unseren Schiffen an diesen seltsamen, zimperlichen Kais anlegten, konnte das für unseren Aufenthalt nichts Gutes bedeuten. Denn an der Ankerkette hing der Tod, und das Häßliche wartete am Endpunkt der Reise.

Das war es.

»Die Stadt ist auf Meeresseite unzugänglich und zum Land hin offen«, fügten die Kaufleute hinzu, »hier kommt das Unglück von den Schiffen, die Segnungen aus den Olivenhainen und Obstgärten ... «

Sie schwiegen. Dann sagte mir der Jüngste von ihnen: »Wenn Ihr fortgehen wollt, nehmt Eure Vettern und ihre Familien mit Euch. Und kommt nie wieder. Hadrumetum lebt besser ohne Euch!«

Das war das Urteil, ihm war nichts hinzuzufügen.

Meine Soldaten und Ruderer suchten die Priester in den stinkenden Gäßchen des Hafens. Ihr Auftrag war, die Phönizier bei uns zu versammeln. Unsere Feinde, glücklich über die Beute, die darin bestand, daß sie unsere Vettern verjagt hatten, ohne eine Schlacht gegen sie schlagen zu müssen, boten an, unsere Fässer und Laderäume zu füllen. Ich konnte ihr Angebot nicht abschlagen, wir hatten zwar keinen Mangel an Lebensmitteln, aber ich wußte auch nicht, wie lange unsere Irrfahrt noch dauerte, ob wir bald Land finden würden. Stolz ist der Luxus der Fürsten, in Hadrumetum war ich nicht mehr Prinzessin, sondern Kinderfresserin. Ich war die Verkörperung des Bösen in einer Stadt, die das Böse nicht benennen konnte.

Jedes Unglück ist für irgend etwas gut, sagt man. Nun gut. Wir ließen hier ein Grab zurück. Es war kein Heiligtum, aber das konnte es noch werden, denn die Leute von Hadrumetum würden diese Grube zur Andacht aufsuchen, ganz gleich mit welcher Religion und welchem Gottesnamen. Gezwungenermaßen. Denn in diesem Grab war die Asche ihrer Kinder und unserer Toten für immer vermischt. Keiner konnte die Überreste seiner Angehörigen mehr identifizieren. Indem die Leute von hier ihr Gebet murmelten (man betet immer, gleich welchen Glaubens man ist), würden sie mit ihren Toten auch die unsrigen segnen. Und vielleicht würde von Gebet zu Gebet, von Andenken zu Andenken, von der Totenklage zur Erinnerung an ein Unglück, das man verarbeitet hat, dieses Grab allmählich zu einem Heiligtum werden, diese kleine Anhöhe zu einem Tempel, unser Aufenthalt zu einer Legende und mein Name zu einem Mythos.

Ohne es zu wollen, hätten wir dann dem Gott dieser Stadt ein Antlitz gegeben.

Sich vor dem Meer schützen! Diese Vorstellung würde in Sidon und Tyros Gelächter auslösen, mich verblüffte sie. War das Meer nicht die Wiege der Welt, und schützt man sich denn vor der eigenen Wiege? Das Meer ist in uns, es ist wie wir: leidenschaftlich und geheimnisvoll, feierlich und aufgewühlt, weit vom Himmel entfernt und eins mit ihm …

Aber Hadrumetum scherte sich nicht um das Meer und die Wiege der Welt. Furchtsam wickelte es sich in seine Mauern. Und sie waren lächerlich, diese Mauern, die ich jetzt von weitem betrachtete. Es war zu sehen, daß man sie stolz und bedrohlich haben wollte; freilich, von der Brücke meines Schiffes sahen sie aus wie Kartenhäuser. Als könnten sie kaum drei Fluten standhalten. Schon griffen Algen und Feuchtigkeit den Stein an. Die Wellen leckten an ihm, um ihn zu zersetzen. Aber die Leute von Hadrumetum waren nicht neugierig, so konnten sie es nicht sehen. Hauptsache, diese Befestigungen gaben ihnen ein ruhiges Gefühl! Schließlich war das ihre einzige Aufgabe. Und doch würde in Hadrumetum der Eindringling nicht vom Meer kommen; dafür war der Hafen zu winzig und zu schlecht ausgestattet. Immerhin gab es zwei Straßen, welche die Stadt ungehindert umzingelten, eine von Norden her kommend, die andere von Westen; sie kreuzten sich hinter dem Olivenhain, und genau dort wird man diese provisorische Stadt erdrosseln.

Aber wer dachte daran, einen Ort anzugreifen, wo Träume so schlecht gediehen? Und wofür?

Unsere Vettern dachten daran! Sie konnten sich nicht damit abfinden, daß sie aus dieser Stadt so unehrenhaft und kampflos verjagt worden waren. Sie wollten sich von dieser Niederlage nicht erholen, die ihnen um so unehrenhafter vorkam, als keine Schlacht vorausgegangen war. Daß Juden und Zyprioten sie mit nichts als Hinterlist und Verschwörung schlagen konnten, kränkte meine neuen Gefährten; für sie war das eine Wunde, die nicht heilen wollte. Einer der Priester, mit den Dingen hienieden vertrauter als mit denen der anderen Welt, gab sich alle Mühe, sie wieder aufzurichten, indem er ihnen klarmachte, daß der Handel die Fortsetzung des Krieges sei, sein Zwillingsbruder und Stellvertreter. Er zeigte das anhand von Wörtern, die Kaufleute benutzen, es half nichts. Unsere Vettern wollten den Krieg, den echten und nicht ein unbestimmtes Surrogat.

Nun, Ihr wißt es besser als jeder andere, wir sind kein kriegerisches Volk. List und Doppelzüngigkeit, gewiß; Polemik und Streit, ja; aber wir verstehen es nicht, Schwerter zu schleifen, den Feind zu umzingeln und eine Schlacht zu schlagen. Nicht weil wir den Tod fürchten (er bedeutet Wiedergeburt für uns), nicht weil wir den Frieden anbeten (wir haben seine Freuden nie gekostet), aber wir lieben es, uns als Gottes verwöhnte Kinder zu sehen. Wir denken gern, wir hätten keine Gegner, keine Feinde. Haben wir denn nicht die Schrift, die Zahl, den Handel und das Geld erfunden? Ist uns denn nicht das Meer zu einem See geschrumpft, den wir kennen wie unsere Hosentasche? Und wenn wir Ungeheuer geschnitzt haben als Galionsfiguren für unsere Schiffe, dann doch nur, um böse Geister abzuschrecken! Wer also könnte uns das übelnehmen? Wer könnte ein Volk hassen, das so begabt ist?

Allerdings gibt es viele, die uns hassen, Pygmalion. Wir müssen die Illusion aufgeben, daß wir unersetzlich und liebenswert sind. Das Meer ist für Phönizien allein zu groß! Und jene Kriege, die wir so gut gegen unsere Bürger und Sklaven zu führen verstehen, müßten wir eines Tages gegen unsere Feinde kehren. Denn es gibt sie, und sie schätzen nicht unbedingt unser geschäftiges Katzbuckeln und unseren Krämerstolz. Unsere Vergangenheit kann nicht immer nur Profit erwirtschaften; schon tragen wir an ihr als einer übergroßen Last. Sie dagegen wird immer schwächer, weil sie uns stützen muß, und unsere Gesichter bekommen schon Falten, während sie sich immer nur im Spiegel unserer Legenden betrachten. Wir sind schon alt, bevor unsere Geschichte das letzte Wort gesprochen hat.

Ich beobachtete die Menschen in meinem Gefolge, versuchte, die Stärke meiner Besatzung abzuschätzen: Mit Ausnahme der Ruderer und einer Handvoll Soldaten hätten wir in einer Schlacht gegen einen entschlossenen Feind eine lächerliche Figur abgegeben. Das hätte damit begonnen, daß wir unsere Energien im Streit um die Schlachtordnung verschwendet hätten. Wir wären in alle Richtungen gleichzeitig gelaufen, schlecht organisiert und individualistisch. Jeder für sich, jeder sein eigener Anführer, seine eigene Armee und sein eigener Stratege. Unsere Nachbarn, besonders die Assyrer, haben uns oft um diese scheinbare Gleichheit beneidet ... Wenn sie von den Anstrengungen wüßten, die wir auf uns nehmen müssen, um unsere Undiszipliniertheit zu verbergen! Wenn sie die Schätze an Einfällen sehen könnten, die wir aufwenden, um zu verstecken, daß wir in Wirklichkeit gewalttätig und nicht zivilisiert miteinander umgehen. Vielleicht schreckt bei uns noch mehr als bei anderen Völkern die Macht davor zurück, sich als Macht zu zeigen. Sie erschöpft sich darin, sich zu verstecken und zu verschleiern. Sie schämt sich ihrer selbst. Deshalb dauert sie fort und erscheint dabei sogar stark und legitim: man sieht sie nicht! Unsere Nachbarn haben oft gelobt, daß in unseren Städten die Armee nicht präsent ist; sie sahen darin sogar ein perfektes Gleichgewicht zwischen allen Bürgern. Ein jämmerliches Mißverständnis, eine optische Täuschung! Wenn wir nie eine Armee hatten, dann deshalb, weil unsere Senatoren sie zu verhindern wußten. Wenn wir nie so weit gekommen sind, einen in Kriegsdingen spezialisierten Verband aufzustellen, dann lag das nur an diesem gegenseitigen Mißtrauen, das bei uns anstelle des Gemeinsinns herrscht. »Das Volk in Waffen!« Ach, da haben wir dick aufgetragen! Ein Volk in Waffen bräuchte keine Fürsten mehr, mein guter König. Aber wir hängen ja so sehr am Staat. Ich schaute meine Senatoren und Priester an: geschickte Hofleute und Schreiber, aber was galten sie gegenüber vier Bauern von Hadrumetum? Kaum mehr als ihre Reden über Stärke und Einheit. Unsere Vettern waren nicht mehr wert, wahrscheinlich stellten sie sich vor, sie könnten einen Krieg gewinnen, wie man einen Markt erobert: indem man mit Verlust verkauft und die Gewichte manipuliert ...

Und diese kleine Schar blickte wild nach Hadrumetum! Und dieser wunderbare Haufen brach in Todesgeschrei aus und forderte den Krieg! Ein naiver Fürst hätte versucht, seine Untertanen zur Vernunft zu bringen und ihren Sinn fürs Leben zu stärken; wenn überhaupt Vernunft und Leben unter solchen Umständen eine Ausstrahlung besitzen ... Aber der Krieg (die Kriegslust) kennt kein Maß und kein Gewicht, weder Kosten noch Gewinn, weder Leben noch Tod; das ist eine andere Welt. Und sie sprach aus den Blicken, die meine Männer auf Hadrumetum warfen. Ich ahnte ihre Gefühle zu gut, um gegen sie anzukämpfen. Ich mußte ihnen versprechen, daß wir ein anderes Mal zurückkommen würden:

»Wir werden Krieg gegen Hadrumetum führen. Wir werden diesen Hafen unterwerfen. Wir werden seine Befestigungen zerstören. Wir werden diese Stadt dem Erdboden gleichmachen. Aber wir werden auf dem Landweg herkommen, über die beiden Straßen, die sie umschlingen, als wollten sie sie erdrosseln.«

Solche Reden mußte ich vor der Versammlung halten, denn man wollte den Krieg, ohne seinen Preis zu kennen.

Als Kriegerin ohne Armee, Heerführerin, noch bevor ich ein Königreich gegründet hatte, war es meine Pflicht, die Wut der Besatzung zu besänftigen, indem ich sie auf spätere Rache vertröstete. Plötzlich begann es in den Augen der Ruderer aufzuleuchten. Die Soldaten kramten ein Kriegslied aus dem Gedächtnis, das sie den Assyrern abgelauscht hatten, und stimmten es stolz an. Die Senatoren waren wieder dabei, kraftstrotzende Reden anzufertigen und hielten sie unter freiem Himmel. Die Kaufleute erklärten sich bereit, mir Geld zu leihen. Und die Priester segneten die abscheulichen Fratzen am Schiffsbug ...

Wenn es auch keine Euphorie war, so sah es zumindest wie eine aus. Ich gestehe, daß ich sie genoß. Ich bekenne, daß der Kriegsrausch sich auch meiner bemächtigt hatte. Mein Körper (von dem man sagte, er sei schwach und zerbrechlich) richtete sich auf. Ich fühlte, er war mächtig und fest, erfüllt von Kriegslust, getragen von den kriegerischen Liedern der Soldaten und den heftigen Reden der Senatoren. Es war wie ein Spiel, eine Art Vorfreude, ein vorweggenommenes Vergnügen, dessen Preis mir Hadrumetum, die Häßliche, bezahlen sollte. Zur Strafe, daß sie ohne Harmonie war, wie die Assyrer uns für unseren Hochmut bestrafen wollen.

Nur die Frauen hielten sich abseits; nicht so schnell bereit, dem Aufgestauten freien Lauf zu lassen, beobachteten sie uns, ohne unsere Begeisterung teilen zu wollen. Sie schienen verblüfft über die Leichtfertigkeit und Sorglosigkeit dieses primitiven Spiels, das doch schließlich und endlich Tod und Trauer herbeirief. Es war nicht die Pose unschuldiger Meerjungfrauen, aber ihnen gefielen weder die männlichen Gesänge noch meine wilden Versprechungen. Sie bestanden darauf, die Dinge zu sehen und zu besprechen, wie sie waren. Trotz des Schwungs, der mich packte und so weit mitriß, daß ich der Wut meiner Männer folgte, wünschte ich mir doch im selben Moment, nichts als eine Frau zu sein und an der Weisheit dieser Frauen teilzuhaben. Aber ich war keine Frau mehr, ich war wieder eine Königin. Wieder war ich eine Monarchin, deren Reich sich in den Signalen des Kriegs und des Zorns anzukündigen pflegt. Ich hatte Feinde und Haß; es fehlte mir ein Anführer, ein Krieger und Märtyrer.

Das war die Lektion, die Hadrumetum mir erteilt hatte; sie sollte mir noch dienlich sein.

Wir suchten Utica und seinen geschützten Hafen; durch einen Navigationsfehler gerieten wir an einen duftenden Hügel. Von weitem sahen wir nicht die Spur eines Menschen, aber eine grüne Lawine von aromatischen Bäumen. Orangen-, Zitronen-, Feigen-, Johannisbrotbaum, Zypresse, Wacholder, Hibiskus, Stechapfel und Sykomore schickten sich an, ins Wasser zu stürzen, als wollten sie das Meer einbalsamieren.

War es ein Vorzeichen oder nur Umsicht? Die Priester hatten das Datum festgestellt und ließen mich wissen, daß Ihr auf den Tag genau seit sieben Jahren den Thron innehattet ... Dieses Zusammentreffen hat mich damals nicht erstaunt; und doch war ich im Begriff, den Traum wiederzusehen, der mich gezwungen hatte, Tyros zu verlassen und vor der assyrischen Wut zu fliehen, weil sie es zu verschlingen drohte.

Eine kleine Lagune – ein paar Felsen dienten uns als

Anlegestelle. Von dort aus horchten wir in unsere Zuflucht hinein, schickten Männer an Land. Stunden später kamen sie zurück und beschrieben die Örtlichkeit, so gut sie konnten: Es war eine Halbinsel, im Süden begrenzt durch einen Golf und im Norden von einem See. Das Meer lag im Osten, und im Westen war sie durch eine Landzunge mit dem Kontinent verbunden. Zwar glich der Hügel über unserem provisorischen Hafen eher einem felsigen Vorsprung als einem Gebirge, aber für unseren Schutz schien er ausreichend. Also beschlossen wir, einige Tage hier zu verbringen, um die Beschaffenheit dieser Küste, die auf keiner Karte verzeichnet war, genauer auszukundschaften. Sie schien einige Vorteile zu bieten: Offenbar war sie unbewohnt und sah aus wie unsere phönizische Küste; zwar war die Luft hier feucht und warm, aber der Wind, der von Nord-West blies, kühlte sie ab und machte sie erträglich. Hinter dem Hügel ließ eine Steppe unter Gestrüpp, Ginster, Pinien und Eichen es sich gut sein. Meine Männer hatten Hasen, Rebhühner und Wachteln gesehen. In der Nacht hörten wir die Schreie von Schakalen und Hyänen. Ein schwerwiegender Mangel überraschte uns: Wir hatten nur eine einzige Quelle mit Trinkwasser gefunden.

Dennoch drängte man mich, eine dauerhafte Niederlassung ins Auge zu fassen, auf diesem Stück Erde, das die Priester schon »Neu-Phönizien« nannten. Da ich jede Überstürzung meiden wollte, beschloß ich, auf ein Zeichen zu warten, ein günstiges Omen, denn ich hatte den Inhalt des Orakels nicht vergessen, das

Eure Hellseher Euch am Tag meiner Flucht aus Tyros vorlasen: »Man stört nicht ungestraft die Gründung einer Stadt, welche durch die Gunst der Götter schon vor dem Rest der Welt ausgezeichnet wurde ...« Und wenn dieses Orakel Euch daran gehindert hat, mich verfolgen zu lassen, dann wollte ich auch sicher wissen, daß es sich auf diese Örtlichkeit bezog. Die Priester waren einverstanden, und wir gingen daran, um ein Zeichen zu bitten, die Erde zum Sprechen zu bringen. Als die Ruderer die Eingeweide der Erde geöffnet hatten, sprach sie aus ihnen zu uns; was sie sagte, war schlecht. Sie verströmte den Geruch des Todes: Der Schädel eines Ochsen wurde ausgegraben. Diese Weissagung gefiel mir nicht. Ich war im Begriff, den Anker wieder lichten zu lassen, als einige Jungfrauen und Soldaten, die ebenfalls gegraben hatten, einen Pferdeschädel entdeckten. Die Erde lieferte mir also zwei gegensätzliche Zeichen nacheinander, zwei widersprüchliche Omen: die Verwesung des Ochsen gegen die Kraft des Pferdes. Wofür sollte ich mich entscheiden? Das Ende der Irrfahrt? Der Anfang von neuem Leid?

Ein drittes Zeichen besänftigte unsere Befürchtungen und dämpfte unseren Eifer: Dieser Zipfel Land, den die Navigatoren übersehen hatten, war nicht unbewohnt. Auch wenn der Hügel und die Umgebung von nichts Menschlichem sichtbar geprägt waren, so wurde das Hinterland doch von Afrikanern bewohnt und bebaut. Hätte die Neugier meine Männer bis zur Steppe getrieben, dann hätten sie dort Palmen sehen können, Ölbäume und sogar Felder mit

Korn und Hirse. Es war nur so, daß sich die hiesigen Leute nicht vom Meer angesprochen fühlten, genau wie ihre Brüder von Sabrata und Hadrumetum. Sie mieden es, so gut es ging. Und als ihr Häuptling Hiarbas sich uns vorstellte, bestand er darauf, am Gipfel des Hügels mit mir zu sprechen und nicht am Ufer der Lagune. Später sollte er dies als Vorsichtsmaßnahme rechtfertigen, an diesem Ort waren nämlich mehrere seiner Landsleute entführt worden, weshalb er seither als verflucht galt.

Hiarbas versuchte nicht, das Ziel unserer Reise zu erfahren oder den Grund, warum wir am Fuß des duftenden Hügels angelegt hatten. Er erging sich in Begrüßungsformeln und wohlgesetzten Worten. Er sprach zu mir über Wasser und Kultur, Getreide und Zitrusfrüchte, Tausch und Streitigkeiten, Pferde und Schafe ... Wie viele Afrikaner nahm Hiarbas das Hauptthema des Gesprächs auf dem Umweg großer konzentrischer Kreise in Angriff, und kaum hatte sich sein Gegenüber in einem dieser Kreise verirrt, war er schon wieder im nächsten ... und so fort. Aber Hiarbas selbst verirrte sich nicht. Von vornherein wußte er über jeden Schritt unserer gemeinsamen Überlegungen Bescheid. Als wir uns in der Mitte des letzten konzentrischen Kreises zusammen niederließen (drei Tage waren vergangen!), gab er uns die Erlaubnis, in der Lagune zu ankern. Ein Säckchen mit Achaten und Amethysten besiegelte den Vertrag. Es blieben allerdings noch Punkte zwischen uns ungeklärt, vor allem was das Schicksal des Hügels anging: Wir benötigten ihn. Hiarbas tat so, als würde er nicht verstehen. Zum einen begriff er meine Sorgen um unsere Verteidigung nicht (»wer wollte Euch denn angreifen?«), zum anderen wollte er die Vorstellung nicht akzeptieren, man könne Land verkaufen und erwerben. In seinen Augen konnte sich Handel nur auf unbeseelte Sachen erstrecken; und der Hügel war für ihn etwas Lebendiges. Meine Kaufleute waren darüber sehr ungehalten. Mit einem Streich aus Wörtern und Beispielen, die sein Denken erläutern sollten, schloß Hiarbas drei Viertel dessen, was in Phönizien gekauft und verkauft wurde, vom Handel aus. Die Formel, die er benutzte, um die Verhandlungen zu beenden, hat uns damals sehr erschreckt: Er bezeichnete den Hügel als »Gut aus Toter Hand«. War das eine Antiphrase, ein Paradox der afrikanischen Sprache, oder ein Bild, das verunsichern sollte? Tatsache ist, daß ein Gefühl des Morbiden uns das Blut gefrieren ließ. In unseren Augen mußte eine Hand offen, lebendig und warm sein; an unseren Statuen, wie auch an denen der Ägypter, kam diese Vorstellung zum Ausdruck, denn sie hatten immer einen Gegenstand in der Hand. Hier konnte eine Hand sterben ... und gleichzeitig sollte sie einen Gegenstand bezeichnen, von dem es hieß, er sei lebendig.

Einige Tage der Ruhe fern von Hiarbas mit seinen konzentrischen Kreisen, und schon halfen mir seine paradoxen Bilder, eine Lösung zu finden, wie man das Problem umgehen konnte: Wenn der Hügel als Lebewesen unveräußerlich war, so mußte man ihn tot doch kaufen können. Ich befahl meinen Männern, einen Ochsen zu töten, und dann Haut und Knochen über dem umstrittenen Vorsprung auszubreiten. Was geschah? Ihr wißt es schon: Hiarbas gab nach. Als ich ihm das Pergament überreichte, auf dem meine Kaufleute und Priester in kleinen Buchstaben und leserlichen Worten den Inhalt der Vereinbarung niedergeschrieben hatten, musterte der afrikanische Häuptling es mit angstvollen Blicken. Er roch daran, befühlte es, feuchtete einen Finger an und versuchte, ein paar Zeichen auszulöschen. Ich glaubte, wieder sei ein strittiger Punkt zwischen uns aufgekommen. Aber nein! Hiarbas konnte die Schrift nicht entziffern; er sah keinen Zusammenhang zwischen dem Alphabet – diesen vielfältigen und willkürlichen, reellen und abstrakten Zeichen – und den Worten, die es eingefangen hatte. Was die Dinge anging, die von diesen geschriebenen Wörtern bezeichnet wurden, so schienen sie ihm noch verschwommener, noch weiter entfernt und fremder, jetzt, wo sie zu diesem Gewusel aus Insektenbeinchen geworden waren, das wir Schrift nennen. Beinahe hätte Hiarbas auch noch die Hand des Teufels in dieser Vielzahl von Zeichen gesehen, die vorgaben, die Sprache zu umfassen und darüber hinaus Dinge zu bezeichnen, ja sogar (warum auch nicht?) Gedanken. Zwischen dem vorhandenen Objekt und dem geschriebenen Begriff, der es bezeichnete, fand Hiarbas eine große Verzerrung, eine teuflische Metamorphose, die vielleicht das Ertrinken der Welt in einer Flut erstarrter Wörter vorwegnahm. Dieses Verschwinden der lebendigen Dinge in einem Surrogat des Gedächtnisses schien ihm dämonisch.

Meine Priester gaben sich alle Mühe, ihm aufzuzeigen, daß die Schrift den Menschen befreit, weil sie ihm einen unerschöpflichen Vorrat an Erinnerungen und Kenntnissen sichert, sie konnten seine Befürchtungen nicht aus dem Weg räumen. Er war kein Anhänger dieser großen Umwandlung. Er ertrug nicht die Aufteilung der Sprache in gesprochenes Wort (und mithin lebendiges, singendes, von vielfältiger und willkürlicher Bedeutung) und geschriebenes Wort (also fixiert, gelähmt und eindeutig). Er wollte keinerlei Verbindung sehen zwischen dem geschriebenen Wort, seinem mündlichen Widerhall und dem konkreten, wahrhaftigen und greifbaren Objekt. Er bat mich, ihm auf dem Pergament zu zeigen, welche Form sein Hügel angenommen hatte. Als ich ihm das Zeichen zeigte, betrachtete er es aufmerksam, schaute zum Hügel, richtete sein Augenmerk wieder auf das Zeichen, erforschte noch einmal den Hügel ... und dann schüttelte er den Kopf vor Unwillen und Verachtung. Dieses Zeichen, das nicht einmal die Form des Felsens hatte, und auch nicht seine Farbe oder Beschaffenheit, das außerdem aus mehreren Einheiten zusammengesetzt war (während der Hügel nur eine darstellte!), kam ihm keinesfalls wahrheitsgetreu vor; er traute ihm nicht über den Weg. In seinen Augen konnten die verzwickten und vielgestaltigen Dinger lediglich für sich stehen, schlichte Flecken auf einem gewöhnlichen Pergament. Sie bezogen sich auf nichts

Fühlbares. Was ihre Bedeutung anging, so konnten sie ebenso den Hügel meinen, wie auch das Wasser, den Esel oder den Schakal ... Von vornherein sah er das Alphabet als eine nichtswürdige, dämonische Kryptographie an, weil es geheim, illusorisch und vereinfachend war. Und während meine Priester in einem letzten Aufbäumen ihrer Argumentationskraft versuchten, ihn vom göttlichen Charakter der Schrift zu überzeugen, von den Wundern der assyrischen Kodifizierungen und ägyptischen Einteilungen, hörte ich ihn murmeln: »Wenn Gott die Schrift lieben würde, hätte er uns so geschaffen, daß wir lesen und schreiben können ...« Hiarbas zog noch die Zeichnung dem Alphabet vor, darin nicht weniger willkürlich und vereinnahmend. Wenn er bereit gewesen wäre, die Notwendigkeit von Zeichen einzuräumen, die für Dinge standen (ganz offensichtlich war er das nicht), dann aber nur in Form von Piktogrammen; diese hätten ihm weniger rätselhaft und bestimmter erscheinen können. Was Zeichen anging, die für Gedanken, Gefühle und Visionen standen, so sah er hinter ihnen nichts weiter als die Hand eines Possenteufels, der entschlossen war, die ganze Menschheit in ein Zeitalter großer Zerissenheit und schrecklicher Leiden zu stoßen ...

Ist es noch zu früh, Euch meinen Bräutigam zu beschreiben? Denn Hiarbas hatte, wie gesagt, die unglückselige Absicht, mich zu heiraten. Aber was sollte er denn mit einer phönizischen Witwe, die es zufällig an diese afrikanische Küste verschlagen hatte? Warum hat er sich über den Widerstand seines Volkes hinweggesetzt, das bei Witwen nicht gerade zimperlich ist? Und was soll ich mit einem afrikanischen Häuptling, der den Handel und die Schrift ablehnt? Von den endlosen Palavern zwischen ihm und meinen Priestern habe ich nur allzu wenig mitbekommen: lediglich, daß er gedroht hat, gegen uns Krieg zu führen, uns zu vertreiben, falls ich seine Hand zurückweisen sollte (ich habe immer noch das entsetzliche Bild der toten Hand im Kopf!). Nicht ein einziges Mal hat er von Liebe oder auch Zuneigung gesprochen, sondern immer nur davon, daß sich ihm die Chance bot, seinen Leuten etwas beizubringen, sie die Geheimnisse (wußte er, daß es auch Leiden sind?) unserer Zivilisation zu lehren. Natürlich haben die Priester seine Bitte angenommen und mithin die Gründe, welche der Bewerber offiziell geltend machte. In einem Brief, den sie mir zukommen ließen (drei Monate nach dem denkwürdigen Palaver ...), erklärten sie ohne Umschweife, daß meine persönlichen Wünsche nicht in Betracht gezogen werden könnten, dafür aber drei »höhere Erfordernisse«: unsere Niederlassung mit dem Bund des Blutes besiegeln, die afrikanischen Horden zu den Prinzipien der phönizischen Zivilisation bekehren, den Körper des Fürsten opfern, auf daß die

Gemeinschaft fortdauern möge. Und sie drängten mich, Hiarbas zu treffen, um mit ihm gemeinsam die Einzelheiten der Hochzeit zu regeln.

Also habe ich meinen Bräutigam am Fuß des duftenden Hügels getroffen. Wir waren allein, er hat nichts gesagt; er kaute ein Stück Eibenrinde und starrte ohne Ungeduld zu Boden. Das war weder eine Unterhaltung, noch eine Gegenüberstellung, es war das Zusammentreffen zweier Episoden. Ich begann, ihm jene Reihe von Vorfällen zu schildern, welche mich in diese Gegend verschlagen haben, er sah in ihnen lauter Schicksalszeichen ... Ich schilderte den Mord an meinem Gatten und meinen Witwenschwur, er versprach, mich zu trösten ... Dann kam ich zum letzten konzentrischen Kreis: seinem Wunsch, unsere Sitten nachzuahmen und zu unserer komplizierten Zivilisiertheit vorzudringen; träumerisch lächelte er mich an. Ich sagte ihm, daß man, um eine Zivilisation zu formen, zuerst eine Stadt bauen müsse; er antwortete, dies erfordere vor allem ein Gründerpaar und somit ein eheliches Heim. Ich sagte ihm noch einmal, daß die geheimnisvollen zivilisatorischen Genüsse letzten Endes nur Mystifikationen waren, die das Animalische in uns verbergen sollten, er blieb bei seinem Wunsch. Ich forderte ihn auf, in Betracht zu ziehen, daß mein Volk dem seinen zahlenmäßig unterlegen sei, gab ihm zu bedenken, daß wir Tyrier, wie die Dinge standen, eher afrikanisiert würden, und nicht die Afrikaner in Levantiner verwandelt (das war ja gegen seinen Wunsch); er sagte mir, daß er das Vertrauen in die Zukunft nicht verloren hatte. Völlig perplex vor solcher Starrköpfigkeit versicherte ich ihm, daß die Tyrier echte Tyrannen seien und daß das Wort *tyrannisieren* wahrscheinlich von dem Namen unserer Stadt komme; das schien ihn nicht zu beunruhigen, und er brachte seine Bitte noch einmal vor, indem er sie mit einem ebenso neuen wie überaschenden Motiv verknüpfte: Er erklärte, daß er weniger Angst vor einem mächtigen Tyrannen habe, als vor einer Vielzahl schwacher Tyrannen!

Und so tauschten wir am Fuß des Hügels ganz besondere Betrachtungen aus, über die wir vergaßen, die Einzelheiten unserer Hochzeit zu regeln.

Ist es zu früh, Euch diesen Eintagsbräutigam zu beschreiben? In meiner Lage kommt mir ein solcher Versuch zumindest ulkig vor. Versetzt Euch in meine Lage: Angesichts eines Scheiterhaufens aus Sandelholz, den ich vor dem Osttor der Stadt errichten ließ, als wollte ich Tyros grüßen und Euch ein letztes Mal umarmen, glaubt man, ich würde mich für meine Hochzeit richten, die aber das Tageslicht nicht erblicken wird, mit einem Bräutigam, der meine wahren Absichten nicht kennt, vor Zeugen, die lediglich meiner Opferung beiwohnen werden, in einer Stadt, die ich zur Neuen Stadt erklärt habe, während sie schon von der Last des alten phönizischen Gerümpels niedergedrückt wird ... Ulkig, nicht wahr? Oder ist dieses Wort hier fehl am Platz? Man kann über eine solche Situation nicht lachen; man müßte sie mit Attributen ausstatten, die von Tod, Trauer und Verrat sprechen ... Was mich angeht, so genügt das Wort »ulkig«, um von dem Rechenschaft abzulegen, was ich erlebe. Andere werden aus diesen Szenen ohne Zusammenhang und diesen willkürlichen Berichten eine erkennbare, sogar wahrscheinliche Geschichte machen; bei ihnen liegt die volle Verantwortung. Und diese wird nicht leicht zu tragen sein, denn sie werden zuallererst die weißen Flecken in diesem Brief ausfüllen müssen, sich all das ausdenken, was ich nicht erzählt habe, und alles erfinden, was ich zu verschweigen gelernt habe. Dann werden sie die Vorfälle ordnen müssen, und ich wage sogar zu sagen (das ist kein Wortspiel), daß sie den Vorfällen anordnen müssen, sich korrekt in einer Linie aufzustellen, sich klar anzusagen, sich hier zu schönen, dort zu verstellen ... Kurz, Chronisten und Schreiberlinge werden gutes Handwerk leisten müssen, welches darin besteht, aus schlichten Lebensläufen ganze Schicksale zu zimmern. Sie werden sich also abmühen, um Antworten zu geben, wo eigentlich nur Fragen sind, und einen Sinn zu schaffen, wo es lediglich Zufälle gab. Einige werden mich älter machen als ich bin (in den Sagen sind Könige immer alt), andere werden mich verjüngen (in Liebesgeschichten sind Liebende immer jung), und andere ...

Lassen wir das.

Zur Stunde knistert der Scheiterhaufen, die Jungfrauen schmücken sich, die Priester sagen ihre Gebete auf, die Kaufleute träumen von einer reichen Stadt, und ich schreibe Euch diesen Brief, bevor ich mich opfern werde, und er wäre nicht vollständig, wenn ich Euch nicht Hiarbas beschreiben würde, meinen Bräutigam. Es ist nicht zu früh, ihn Euch zu beschreiben, denn schließlich sterbe ich seinetwegen.

Beschreiben heißt immer auch, ein wenig Verrat üben, nicht wahr? Einmal läuft es darauf hinaus, jemanden (oder etwas) auf eine begrenzte Menge von Merkmalen und Einzelheiten zu reduzieren, was wir eben mit unseren armseligen fünf Sinnen zusammenbekommen ... genügen denn fünf Sinne, um ein Wesen einzukreisen? Dann, und das ist noch schockierender, besteht eine Beschreibung vor allem darin, eine Person, ein Ding oder ein Ereignis mit dem Bild zu vergleichen, das wir von ihm haben. Schließlich, und das ist die größte Illusion, tun wir alles, um die Tatsache zu verschleiern, daß eine Beschreibung nur dieser aufwendige Vergleich ist und nichts anderes. Wenn ich Euch also sage, daß Hiarbas klein und schmal ist, dann habt ihr diese Abbildungen von Äthiopiern im Kopf, die Euren Palast schmücken. Wenn ich Euch versichere, daß er jung, stark und bartlos ist, dann seht Ihr einen Eurer nubischen Söldner. Wenn ich ihn Euch als höflich und sanft vorstelle, dann glaubt Ihr, es mit einem dieser weibischen Jünglinge zu tun zu haben, die Ihr in Euren Gemächern einschließt.

Klein, schlank, jung, stark, bartlos, höflich, sanft: das sind sieben Attribute, von denen man denkt, sie könnten vergegenwärtigen, was Hiarbas darstellt. Das Eigenartigste ist, daß diese Aneinanderreihung von

Wörtern bei Euch die Illusion bewirken könnte, Ihr würdet ihn nun als Person kennen. Aber Hiarbas ist nicht in diesen Attributen zu finden! Ihr kennt die Wörter, mit denen ich ihn geschildert habe, aber doch wißt Ihr noch nichts von ihm. Ihr wißt vielleicht, was Schlankheit, Jugend, Stärke bedeuten; aber Ihr wißt nichts über die Schlankheit von Hiarbas, seine Jugend und seine Stärke. Es ist nicht zu ändern, jede Beschreibung läßt ihr Objekt beiseite, es bleibt immer außerhalb der Wörter, die man benutzt, um es zu beschreiben, oder über ihnen.

»Also«, würden Eure beamteten Schreiberlinge zu mir sagen, »dann laßt doch die Beschreibung von Hiarbas, denn Attribute taugen nicht viel. Zeigt ihn, bewegt ihn, schüttelt ihn, laßt ihn tanzen, lachen, brüllen, versetzt ihn in Wut, erfindet ihm eine Freude, denkt Euch einen Schmerz für ihn aus. Er muß nur etwas tun, dann wissen wir schon, wer er ist ...« Darauf könnte ich antworten, daß sich immer noch dasselbe Dilemma stellt, wenn nämlich Attribute täuschen, dann müssen Verben nicht zwangsläufig wahrhaftiger sein. Ich müßte aus den Millionen von Gesten, über die Hiarbas verfügt, eine bescheidene Anzahl von vielleicht hundert auswählen, die mir bezeichnend und vielsagend vorkommen, was ist mit den anderen? Dieses Gewimmel von Handlungen, Haltungen, Schrullen, Gewohnheiten, Grimassen, Manien, Posen und Possen, die alle zusammen ein Wesen ausmachen; und die, in unserem Fall, ausmachen, was Hiarbas ist. Was wird aus den zahlreichen

Gesten, die ich im Dunkeln ließ? Warum sollen sie weniger vielsagend sein als solche, die ich ausgewählt habe? Wer entscheidet denn, ob Hiarbas eher der tanzende Hiarbas ist oder der, der sein Stück Rinde kaut, als jener, der zur Jagd geht oder die Stirn seiner Mutter küßt? Wäre er weniger er selbst, wenn ich ihn nicht die Sterne zählend sondern an einen Baum gelehnt zeigen würde? Nein, sicher nicht.

Schrift und Beschreibung sind nur Annäherungen, Tricks und Verkleinerungen; Illusionen, denn sie verleiten uns dazu, Figuren mit Personen zu verwechseln, das Wahrscheinliche mit dem Wahren. Jeder, der schreibt und beschreibt, versündigt sich, in seiner idiotischen Eitelkeit »Gott nachzueifern«!

Nein, es ist nicht zu früh, Euch meinen armen Bräutigam zu beschreiben; sagen wir, es ist ein eitles und auch naives Unternehmen. Manchmal kann es sich sogar als mörderisch erweisen, denn wenn man jemanden allzu genau beschreibt, läuft man Gefahr, ihn zu töten.

Und ich möchte Hiarbas nicht töten. Er soll leben, um meine Gemeinschaft zu schützen.

IV

Die neue Stadt

Die Afrikaner hatten keinen Namen für diesen Ort. Sie sagten »der Hügel«, wie wir »das Meer« sagen, »der Himmel« oder »das Jenseits«. Eine genauere Bezeichnung brauchten sie nicht. Es stimmt freilich, daß der Mensch nur das benennt, was er benötigt. Und offensichtlich benötigten unsere Gastgeber weder die Lagune noch den Hügel, der sie überragt.

Qart Hadasht[18].

Seit wir daran gedacht hatten, unserer Zuflucht einen Namen zu geben, drängten sich diese beiden Wörter auf.

Zwei phönizische Träume in drei Silben!

»Qart« – die Stadt –, eine subtile Kreuzung von Gegenwart und Abwesenheit; in einer Stadt ist alles sichtbar, aber es kann sich dort auch alles verhüllen. Alles ist dort zu lesen, und alles kann sich auf einen geheimen Code beziehen. Der Punkt, wo sich Ordnung und Unordnung kreuzen: von Mauerhöhe aus gesehen, scheint alles in der Stadt konfus und willkürlich, von oben gesehen, enthüllt sie ihren Plan. Als Konfliktpunkt zwischen Glaube und Religion ist die Stadt die einzige Hervorbringung, in der Gott nicht gegenwärtig erscheint. Haben deshalb die Städter diese Neigung, sich Gott wieder zu vergegenwärtigen, indem sie ihre Straßen mit Hilfe von Tempeln, Heiligtümern und Gebetsstätten gliedern? Die Stadt: Arena für den gnadenlosen Kampf zwischen Kultur und Natur; sobald einer der beiden Gegner Anstalten macht, sich zurückzuziehen, rückt der andere schon vor. Als Herausforderung der Zeit, welche die Dauer vernichten will, ist die Stadt die einzige menschliche Erfindung, die den Menschen überleben wird. Als Gewaltakt des Vergessens über die Mitteilung kann die Stadt ihre Geschichte erzählen, ohne von ihren Figuren zu sprechen (spricht man nicht von urbanem »Hintergrund«, ohne damit die menschlichen »Hintergründe« zu meinen, die sie bewohnen?). Als Ort, wo der Mensch sich hervorbringt und erfindet, an sich arbeitet, wo er sich brutal von seinen (irdischen, kosmischen) Wurzeln löst, um zu jener höchsten Abstraktion vorzudringen, die Grundlage der Staaten ist: das Staatsbürgertum. Allein die Stadt ist ein mystischer Ort, weil sie das fleischliche Wesen befähigt, sich unter der denkbar abstraktesten und fleischlosesten Form zu sehen und zu denken. Allein die Stadt ist ein politischer Ort, denn sie bildet den idealen Raum für den Fürsten, seine Substanz. Es kann keinen Staat geben, ohne daß eine Stadt bereit ist, ihn aufzunehmen; und es kann keine Stadt geben, ohne daß ein Staat fähig ist, sie zu beschützen. Gott hat den Stein geschaffen, der Mensch hat daraus eine Stadt gebaut, die Stadt hat zur Polis geführt, und die Polis hat den Staat begründet, der Staat aber hat den Staatsbürger geschaffen.

In jeder Phase wuchs die Vergeistigung, bis sie sich im Stadtstaat erfüllte.

Die Stadt ist Geist, versteinerter Geist.

Gut oder böse?

Das kann niemand sagen.

Man sollte aufhören, die Städte und Staaten mit der Elle moralischer Ansichten zu messen, denn das ist nicht ihre Sprache. Wenn unser Stadtstaat einmal errichtet ist, wird er der phönizische Geist sein. Er wird sein lebendiger, aber dennoch paradoxer Beweis sein, denn nur Marmor und Stein können unserer Spiritualität Ausdruck verleihen.

Soviel über den ersten Teil des Namens.

Den zweiten, »hadasht« – neu –, werde ich mit wenigen Worten kommentieren. Es ist nicht schlecht, wenn eine Illusion den Menschen hilft, zu leben und sich zu überleben. Ein Mythos wirkt immer als Drohung und Versprechen; er wirft uns aus uns selbst heraus und bindet das Gewimmel unserer Gesten zu einer magischen Garbe. Immer ist eine Legende an der Gründung einer Stadt beteiligt. Besser als die Fundamente aus Stein und Sand hält diese Legende das Gebäude aufrecht und gebietet dem Schwert der Zeit und Vergänglichkeit über unseren Häuptern Einhalt. Wenn dieses Surrogat der Erinnerung zu verschwinden oder auch nur stumpf zu werden beginnt, dann besteht Gefahr, daß alles in sich zusammenfällt. Denn während die Natur die Prägung und das Andenken des Schöpfers für alle Zeiten lebendig erhält, muß die Stadt beides neu erfinden, um bestehen zu können.

Der Stadtstaat ist eine Gesamtheit von Zeichen und nichts weiter, also soll die Neuheit unser Zeichen sein; das Zeichen für uns selbst, unsere Illusion und unser paradoxes Gedächtnis.

Erstaunlicherweise waren bei der Namensgebung alle sofort mit »hadasht« einverstanden. Wir waren uns nicht absolut sicher, ob unsere Stadt überhaupt etwas Neues war, aber alle verspürten wir die Dringlichkeit, sie als »neu« zu erklären, sie mit dieser Prägung zu versehen. Erst bei dem dazugehörigen Begriff kamen unterschiedliche Meinungen auf. Neu, sicher, aber in welcher Beziehung? Wem gegenüber? Manche wollten unserer neuen Niederlassung Phönizien in seiner Gesamtheit gegenüberstellen (»Neu-Phönizien« sollte den Priestern zufolge unsere Stadt heißen). Ich lehnte diesen Vorschlag ab, weil er mir ungerecht und auch nicht deutlich erschien: »Wir sind Phönizier«, sagte ich, »weshalb sollten wir uns einen großsprecherischen und mehrdeutigen Namen aufladen? Phönizien ist überall dort, wo Phönizier leben ... Wir sind weder neu noch alt, es genügt, daß wir sind.« Andere wählten eine viel engere Bezeichnung: »Neu-Tyros«. Die Ablehnung war spontan. Wir flohen doch gerade vor Tyros und seinen Leiden! Wir hatten doch diesen Staat verlassen, der auf Kosten seiner Untertanen überdauern wollte. Wir lehnten Tyros ab, ob neu oder alt! Allein der Name Tyros rief in uns jetzt die Assoziation Tyrann und Tyrannei hervor. Tyros sollte aus unserem Gedächtnis gelöscht werden; wir würden es in unseren Mauern nicht wiedererstehen lassen. Eine letzte, feinsinnigere Gruppe schlug vor, man sollte unsere Stadt »Neu-Utica« nennen. Und obwohl es stimmt, daß wir nach Utica segelten, obwohl es stimmt, daß dieser Hafen all unsere Hoffnungen und Träume umherirrender Seeleute anzog, so lehnten wir doch auch diesen Vorschlag ab. Niemand von uns kannte Utica, für uns war das ein Name, nichts weiter. Wir konnten es uns nicht erlauben, eine Stadt namens »Neu-Utica« aus der Taufe zu heben, ohne daß wir wußten, wie das wirkliche, alte Utica aussah. Man hätte das als illegitime Anmaßung aufgefaßt, schlicht und einfach als einen Übergriff.

Mit »Neue Stadt« war ich zufrieden; ich fand diesen Namen sogar reizvoll. Er war vage genug, versprach viel. Außerdem ist »Stadt« kein Eigenname; es ist ein Gattungsname, niemand kann ihn für sich allein beanspruchen. Was die Neuheit anging, mit der wir diesen Gattungsbegriff ausschmücken wollten, so würde niemand genau wissen, ob sie sich auf das Geburtsdatum bezieht (auf ihre Gründung und Chronologie, wie man etwa von einem »Neugeborenen« spricht), oder ob sie die Qualität unseres Vorhabens bezeichnet (im Sinne von unbekannt und ursprünglich, wie man von einem »neuen Plan« spricht ...). Außer dieser willkommenen Unschärfe, dieser Unklarheit, die mir redlich erschien, hatte Qart Hadasht auch einen guten Klang. Und so begannen wir, ihn uns vorzusprechen, indem wir aufs Meer schauten, wir riefen ihn vom Hügel hinab und ließen sein Echo über die Lagune schallen. Immer wieder sprachen wir ihn uns vor, als wollten wir seine Melodie erspüren, uns seinen Rhythmus aneignen. Der erste Ton ist ein ziemlich trockener und sogar aggressiver Einsilbler (wie hart, Härte, Karst, Trotz ...). Die beiden folgenden Silben dagegen atmen aus, entspannen, als wollte das Wort sich ausruhen, nachdem es zuviel Bedeutung abgestrahlt hat. Ihr hättet uns hören sollen, wie wir lachten und schrien, wieder Atem schöpften, uns an den drei Silben freuten, die sich als eine Selbstverständlichkeit geradezu aufdrängten, einem ins Ohr sprangen, dem Gehör schmeichelnd, und uns so vertraut und nahe schienen. Es war, als hätten wir sie seit Tyros unter Deck mit uns geführt, als wären sie schon immer in uns gewesen, hätten nur auf eine gute Gelegenheit gewartet, um ans Tageslicht zu treten und zu erblühen. Diese drei Silben hatten wir nicht erfunden; sie waren vor uns da, wir hatten sie lediglich entdeckt und gesungen (wie die Musik für das Volk von Sabrata).

Ob Ihr es glaubt oder nicht, erst nachdem wir diese drei Silben ausgesprochen hatten, nahmen die Lagune, der Hügel, die aromatischen Bäume, dieses Stück Himmel und diese Ecke Meer plötzlich Form an, schienen zu existieren. Selbstverständlich waren sie zuvor schon dagewesen, aber eher ein Ausblick als eine Landschaft, eher ein Ort als eine Umgebung, eher ein Gelände als ein Gebiet. Und nun existierten sie, nur weil wir ihnen einen Namen gegeben hatten. In uns und für uns.

Durch ein Wunder und die Magie der Namen wurde aus dieser Stelle ein Land, eine Landschaft, allein aufgrund einer Benennung; sie existierten nicht, bevor wir sie bezeichnet hatten! Durch diesen Namen wurden sie zum Leben erweckt, zu unserem Leben. Durch diesen Namen hatten sie einen Sinn bekommen, unseren Sinn. Diese Bezeichnung machte aus ihnen ein Vorhaben, eine Zukunft, ein Schicksal.

Die Afrikaner lachten, als sie sahen, wie wir über den Strand rannten und »Qart Hadasht! Qart Hadasht!« riefen. Ohne die Dimension zu ahnen, begannen sie sogar, es mit uns zu rufen.

Ein Beweis dafür, daß sich dieser Name als Selbstverständlichkeit geradezu aufdrängte?

Nachdem wir ihn immer und immer wieder gerufen hatten, gingen wir sogar dazu über, ihn zu singen. Unmerklich hatten diese drei Silben zu ihrer musikalischen Form gefunden. Von allen Künsten und allen Sprachen ist aber allein die Musik eine Selbstverständlichkeit.

»Vom richtigen Umgang mit Gott und der Genealogie.« Wäre dieser Titel nicht zu lang und bombastisch gewesen, dann hätte ich ihn dem palastähnlichen Gebäude gegeben, das meine Männer auf dem Gipfel des duftenden Hügels zu errichten beschlossen hatten. In Erinnerung der etymologischen Herkunft der

»Religion« von dem Wort »Bindung« haben sich die Priester geweigert, der Grundsteinlegung beizuwohnen, bevor die Frage unserer Bindung geklärt war. Die Senatoren schlugen sich auf ihre Seite, weil sie immer noch starrköpfig an der Kontinuität des Staates festhielten. Alle Männer wollten Qart Hadasht mit einer Geschichte verbinden. Auf diese Weise hatten sich das Weltliche und das Geistliche gegen mich verschworen, um den Charakter der Neuheit abzumildern, den ich unserer Niederlassung verleihen wollte. Würde diese Liga des Heimwehs nach dem Gestern meinen Träumen überlegen sein? Ich weiß, der Jungbrunnen ist kein geeigneter Ort für Klerus und Senat; und es kommt sogar in Sagen und Legenden selten vor, daß ein Gott oder ein König Neugeborene sind. Die Gerontokratie ist die einzige Herrschaftsform, die der Mensch erfinden konnte, alle anderen sind lediglich Variationen. Mit dieser Liga konfrontiert, mußte ich den offenen Konflikt meiden und die Opposition von Klerus und Senat in eine Vielzahl von kleinen, lösbaren Fragen aufsplittern, die voneinander unabhängig waren. Ich tat mein Bestes: »Was soll man woran binden?« fragte ich die vor mir versammelte Liga. Ein Priester (der überdies einäugig war) hielt es für geistlich, das Auge zum Himmel zu heben ... diese Ironie war plump, und ich fuhr in meiner Rede fort:

»Die phönizischen Städte und Häfen bilden eine Kette aus Gold und Ambra um das Binnenmeer. Unsere Schiffe, unsere Seeleute und unsere Kaufleute verbinden sie und halten sie täglich zusammen. Qart

Hadasht ist ein neues Glied in dieser Kette. Wird es das stärkste sein? Wird es das schönste sein? Das wird unsere Versammlung hier nicht beschließen können, es hängt nämlich vom Zufall ab, und vielleicht auch von unserem Willen …«

Gezeter, Radau, Wehgeschrei! Man hatte mich offenbar nicht verstanden. Es war eine Versammlung von Männern, und mehr als die Frauen schrecken Männer vor der Vorstellung zurück, daß sie dem Zufall unterworfen sein könnten; oft verwechseln sie ihn sogar mit der Unordnung.

Ein Senator erhob sich, räusperte sich, machte sich Mut, indem er zwei-, dreimal mit den Armen schlenkerte, und ließ lange und dunkle Ausführungen über Kontinuität und Bruch vom Stapel, über Tradition und Veränderung, Ordnung und Erneuerung und noch einige andere Themen. Mit seinem gesunden Auge starrte der Priester noch immer zum Himmel. Die Versammlung verstummte. Wahrscheinlich wollte man etwas Klarheit in die Rede des Senators bringen, bevor man ihre Tiefe auslotete. Ich betrachtete das Meer und seine Wellen ohne jede Ordnung (die aber in ihrer Unordnung so regelmäßig sind …), und genau in diesem Moment, Pygmalion, ließ mich ein flüchtiges Erschauern hochfahren, ein schmerzhaftes Flimmern vor den Augen: Dein Bild nahm mich plötzlich in Besitz, füllte meine Augen, meine Brust, mein Gedächtnis aus. Es verbrannte mich beinahe, so schmerzhaft war es; dennoch drückte ich es an mein Herz, das leicht, duftig und blau geworden war. Ein

Herz aus Anmut und Vergessen. Du und ich, wir wurden Meer, Kuß und Seufzer. Du und ich, wir fanden wieder unsere Kindheit in Tyros, mit ihren Vorhaben, Verboten und Bindungen ...

Ich versuchte, wieder zu mir zu kommen; ich durfte nicht so lange abwesend sein! Aber alle Anstrengungen fesselten mich nur noch mehr an dieses Bild, anstatt mich von ihm zu lösen; ich klebte an ihm fest, und nun versank ich mit dir darin.

Wahrscheinlich war das die Assoziation, die ich gegen meinen Willen zwischen Genealogie, Bindung und Verbindung hergestellt hatte ...

Keiner bemerkte meine Erregung. Ein Senator hielt es für angebracht, auf die Worte seines Vorredners zurückzukommen, freilich indem er sie mit dem leichten Firnis der Dialektik übergoß, was zum Ergebnis hatte, daß Erneuerung nur annehmbar schien, wenn sie die Substanz einer Gemeinschaft unangetastet ließ, daß es sich mit der Identität verhalte wie mit der Jungfräulichkeit, daß wir diese Neue Stadt an das Haus der Ithoba'al anbinden müßten, und noch etliche andere Betrachtungen und Ratschläge, die ich in ihrem Zusammenhang nicht ganz erfassen konnte, weil ich gegen dein Bild ankämpfte, es aus meinem Herzen zu löschen versuchte, wie wir eine wirre Zeichnung vom Papier radieren, die wir zwar vergessen haben, die aber doch durch unsere Seele gegangen ist. Ich wandte meinen Blick vom Meer ab, ich wollte nicht mehr mitansehen, daß es veränderlich und doch immer identisch war. Wie der einäugige Priester begann ich, zum Himmel emporzuschauen; der Mann dankte mir mit einer Grimasse, die er für ein Lächeln hielt. Die beiden Senatoren musterten mich stolz, als wäre ich eben splitternackt aus dem Brunnen ihrer Erkenntnis gestiegen.

»Ich werde in menschenleeren Gegenden keine Tyrier suchen«, sagte ich. »Mit Euch teile ich den Wunsch, die Familie der Ithoba'al um einen neuen Zweig zu bereichern. Wie aber nach dem Prunk des Hiram die Weisheit des Mattan kam, so gibt es nun den Wahn des Pygmalion, Tyros leert sich. Der Lebenssaft unseres Reiches hat sich in tödliches Gift verwandelt, schon sind alle Tyrier von ihm befallen. Wenn Ihr Hiram den Gründer und Mattan den Weisen nennt, dann dürft Ihr Pygmalion den Verbrecher nicht stillschweigend übergehen, denn der genealogische Baum kann es nicht ertragen, daß man ihm den einen oder anderen Ast absägt. Und ich werde Qart Hadasht nicht unter die Schirmherrschaft Pygmalions stellen!«

Die Liga wurde ganz aufgeregt. Man tauschte Blicke. Man murrte. Man wurde böse auf mich; sogar Hiarbas, der von unseren früheren Aufregungen und Streitereien keine Ahnung hatte, glaubte, er müsse sich der Einmütigkeit anschließen, die sich gegen mich aufbaute.

»Ihr wollt das Haus der Ithoba'al im Stich lassen!« schleuderte mir ein Senator entgegen.

»Die Ithoba'al bedeuten mir wenig«, gestand ein Priester, »was mir etwas bedeutet, das ist das Emblem von Qart Hadasht, sein Glaube, seine Frömmigkeit. Und ich würde es nicht zulassen, daß man den traditionellen Schutz unserer Heiligtümer unter dem Vorwand verspielt, Pygmalion könnte die dynastische Linie verderben. Jede Religon benötigt einen Fürsten, sonst wird sie nicht verehrt. Leider war eben auch Pygmalion einer von ihnen!«

Die Kabale mit einer klaren Gebärde ersticken, die Revolte brechen, indem man ihren Sinn ändert; ich entsann mich dieser Lektionen in Regierungskunst, die mein Onkel Acherbas für mich niedergeschrieben hatte:

»Wenn das Haus der Ithoba'al verlassen ist, so ist damit noch lange nicht gesagt, daß auch der Himmel leer ist! Dort oben haben wir mehr Götter, als Fürsten nötig sind, um die Welt zu regieren. Unsere sieben Kabyren[19] haben uns noch nicht verlassen. Ba'al Samin[20] ordnet die Himmelsarchitektur. Ba'al Peor[21] schützt immer noch unsere Hügel. El[22] schließlich, El vor allen anderen, wacht noch über das Schicksal seiner Gläubigen. Zweifelt Ihr schon jetzt daran? Habt Ihr den rechten Glauben aufgegeben, weil Ihr das Reich verlassen habt? Das wage ich nicht zu glauben. Wenn unsere Stadt Bindungen nötig hat (und sicher ist das der Fall!), dann wähle ich mir doch die sicherste: jene, die unsere Stadt mit dem Himmel verknüpft. Und so möchte ich euch bitten, diesen Palast, diese Stadt und dieses Königreich unter den besten Schutz zu stellen, den es je geben kann: den von Ba'al Hammon, dem Höchsten. Er ist voller Würde, Qart

Hadasht wird an seiner Würde teilhaben. Er ist der Ewige, Qart Hadasht wird seiner Ewigkeit nahekommen. Er ist voll Gerechtigkeit, wir werden uns von seiner Gerechtigkeit leiten lassen. Dies wird die einzige Wahlverwandtschaft sein, die ich für diese Stadt zulasse. Die einzige Genealogie, die ich ihr einschreibe. Die einzige Verfassung, die ich erlassen werde. Wenn unsere afrikanischen Nachbarn darin stolzes Handeln (oder andere Vorzüge) entdecken sollten, dann mögen sie sich mit ihrem Glauben dem unseren anschließen. Wenn sie in unseren Gebeten und Gesängen weder Demut noch Frömmigkeit finden sollten, dann mögen sie zum Himmel emporschauen, denn er wird immer derselbe bleiben, und unsere Kabyren werden sie ebenfalls beschützen.«

Nach einem langen Schweigen begann ich, die Wirkungen eines Umschwungs zu spüren. Noch zurückhaltend mit ihren Worten und Blicken, begannen meine Verleumder zu zögern, zu zweifeln, zurückzuweichen. Die Anrufung des Himmels entwurzelte (im wahrsten Sinne des Wortes) die Priester: Sie waren zum genealogischen Baum marschiert (den sie für ein Provisorium der Ewigkeit hielten), und plötzlich befanden sie sich im Himmel, mitten unter denen, die ihn bewohnten. Der Einäugige schluchzte. Die Senatoren starrten mich unfreundlich an: Sie mochten die Himmelsangelegenheiten nicht und konnten nicht verlieren. Meines Sieges sicher (sowohl über sie als auch über Euer Bild, das nun bis auf weiteres in meinem Herzen erlosch), forderte ich im selben Atemzug, daß auch eine weibliche Figur in den Heiligtümern unserer Neuen Stadt ihren Sitz haben sollte. Die Götter von Tyros waren in ihrer Überzahl männlich, und es erschien mir schändlich, in Qart Hadasht mit den alten Irrtümern Phöniziens wieder anzufangen. Im Gegensatz zu Tyros, Sidon und Gebal würde sich Qart Hadasht nicht anschicken, die Hälfte des Himmels zu vernachlässigen. Tanit[23] würde also die emblematischen Ehren mit Ba'al Hammon teilen.

Solche Formen sollte meine Gerechtigkeit annehmen, dies war das Gesicht meiner Rache gegen Euch. So würde Qart Hadasht Neuerungen auf die Welt bringen, die ich so heftig herbeigewünscht hatte.

Für Ba'al Hammon und für Tanit, Antlitz von Ba'al, und für ihre Nachkommenschaft« war die Widmungsformel, welche ich die Priester in die Stirnseite des Palasts meißeln ließ. Nur widerwillig wollten sie beide Namen auf Stein übertragen. Für Ba'al? Ja! Für seine Nachkommenschaft? Geht gerade noch. Aber Tanit? Eine Frau! Und nicht aus altem Hause! Außerdem noch eine Fremde! Indigniert und unaufrichtig, lenkten die Priester die Diskussion auf diesen Punkt: »Tanit! Eine Libyerin, eine Afrikanerin, nicht einmal eine echte Phönizierin... Wenn wir schon vor einer Frau in die Knie gehen müssen, dann soll sie eine Landsmännin sein!«

Am eigenartigsten war, daß Hiarbas (der Fremde!) sich spontan dem Fähnlein der Verweigerung anschloß. Wenn er schon konvertieren mußte, dann wollte er lieber reine Götter und nicht etwas, das wie eine Vermengung aussah, in der Gott selbst nicht mehr zu erkennen war. Ebenso überraschend war das Schweigen der Frauen. Naiv wie ich war, hatte ich erwartet, daß eine frische und gesunde Empörung zur Explosion kommen würde, die sie bis in den Himmel schleuderte, um sie dort zu Wächterinnen von Tanit, ihrer Schwester, zu machen ... Aber nichts dergleichen. Sie waren da und wußten nicht, wie viele sie waren, sie kannten nicht ihre Bedeutung. Sie erklärten, theologische Streitigkeiten seien ihnen zu kompliziert. Außerdem versicherten sie, daß sie vom Geschlecht der Götter keine Ahnung hätten. Aber die Diskussion nahm doch nur deshalb den Weg in die Theologie, um die wahren Interessen besser zu tarnen, denn Priester, Soldaten und Senatoren hatten keinen theologischen Antrieb. Es war einzig und allein das atavistische Denken, was Tanit ihren Platz streitig machte und sogar die Frauen verblendete.

Die Inschrift war aber klar genug. Statt sich dem schleichenden Gift der Exegeten ungeschützt zu überlassen, sprach die Widmungsformel für sich selbst. Sie war hell und durchsichtig. Nichtsdestoweniger wurde sie schon von Kommentaren verdunkelt und mit Glossen fast bis zur Unverdaulichkeit überladen. Ach, wenn ich Gott wäre, ich würde die Theologie, die Exegese und die Glosse zur Sünde erklären! Ich würde die

Kommentatoren, Exegeten und vorgeblichen Gelehrten in Jenseitsdingen auf den Index setzen und mit ihnen alle, die von Beruf Führer sind und den Titel Lektor tragen. Ich würde all jene zum Verstummen bringen, die auf alles eine Antwort haben, ohne jemals die Dämmerung zu befragen. Ich würde all jene mit Blindheit schlagen, die in ihren Schriften lesen, ohne jemals zum Himmel und aufs Meer zu schauen. Ich würde all jene fühllos werden lassen, die ohne Gefühl argumentieren. Wenn ich Gott wäre, würde ich aus jedem Geschöpf seinen eigenen Priester machen. Ach, wir haben zwar das Alphabet geschaffen, aber wir haben es versäumt, unserer Schrift Transparenz zu verleihen; wir haben sie mit Vernunft und Vernünfteleien, Abstraktionen und Undurchdringlichkeit allzu schwer werden lassen. Und doch, ich wiederhole es, war die inkriminierte Inschrift ganz ursprünglich in ihrer direkten Wahrhaftigkeit; sie war mit den Sinnen leicht erfaßbar (aber die Schrift ist nicht sinnlich): Zum einen war Tanit keine Göttin, sie war nur das »Antlitz Gottes«, eines seiner Gesichter (leider hatten die Exegeten den Text nicht richtig gelesen): Wenn, zum anderen, Ba'al eine Nachkommenschaft hatte, mußte diese doch irgendwie geboren worden sein. Außerdem war Tanit nichts anderes als das fruchtbare Antlitz von Ba'al, das Zeichen seiner Großzügigkeit. Ein Unschuldiger hätte das eingeräumt! Aber Theologen und Kabbalisten sind niemals unschuldig; sie verstecken sich immer hinter einem Rätsel, um das Wesentliche zu bemänteln. Und hier war das Wesentliche, daß man in einem phönizischen Heiligtum keine Frau haben wollte. Eine Königin reichte schon aus, um diese Männer an den Rand ihrer Geduld zu bringen; sie konnten nicht ertragen, daß sie nun auch noch eine Göttin zur Seite haben sollte.

Weil die anderen Frauen schwiegen und sich in einem Streit für unmaßgeblich erklärten, der sie gleichwohl betraf, stand ich ganz allein gegen diese unteren Ränge von Männern, die sich ihrer Sache sicher waren. Nachdem die Liga des Heimwehs nach dem Gestern schon in der Frage der Genealogie nachgegeben hatte, wollte sie mir keinen weiteren Sieg überlassen.

Wie Ihr, Pygmalion, liebte dieser Rest Phöniziens die Frauen nicht. Nein, »lieben« ist nicht das passende Wort, denn hier geht es weder um Liebe noch um Lieblosigkeit. Das atavistische Denken hat mit diesen Dingen nichts zu tun. Wenn es sich auf Gefühle bezieht, dann nur auf einer ganz anderen Ebene: Dort geht es um Ängste und Befürchtungen, um Machtwillen und Herrschsucht. Was nicht heißt, daß unsere Kulturen die Frauen nicht lieben, im Gegenteil! Aber sie fürchten mißgünstig die Weiblichkeit, weil sie in ihr nur Rätsel sehen. Ich kenne Männer, die – als anbetungswürdige Liebhaber, treue Gatten, aufmerksame Väter, zärtliche Großväter – ihre Mätressen, ihre Frauen, Töchter und Enkelinnen tyrannisieren, und zwar nicht aus Lieblosigkeit, sondern aus Angst, sie könnten Macht verlieren und sich in den Armen der Weiblichkeit aufgeben. Man stattet uns mit unzähligen

Geheimnissen, unzähligen Schleiern aus. Man unterstellt uns unzählige Zauberkünste und Hexereien. Bisher hat unser Brauchtum, hat unsere Sprache es nicht gelernt, einfach auf uns zu sehen und mit uns zu sprechen, ohne Abwehrzauber oder Antiphrase; immer haben sie sich geweigert, uns zu benennen. Und doch lieben sie uns, verehren uns manchmal ...

Wie du.

Wie du, Pygmalion, haben sich diese Männer noch nicht die Angst vor den Frauen abgewöhnt, beneiden sie die Frauen immer noch!

Erinnerst du dich an unsere Kinderspiele? Jene lustigen Szenen, als wir uns schminkten und verkleideten. Du hast das Mädchen, die Femme fatale, die Priesterin, das Klageweib, die ungeduldige Mätresse nachgeahmt ... Du spieltest weibliche Rollen so gut, daß keine Frau mit dir konkurrieren konnte! Aber es gab einen Moment, in dem Spiel und Verkleidung aufhörten. Dann warst du die Frau, die du dir vorgestellt hast. Es gelang dir, ihren Blick, ihre Gesten, sogar ihre Pose anzunehmen ... Um dir eine Freude zu machen, habe ich mich dann als Mann verkleidet. Für dich wurde ich Gatte, Geliebter oder ein Unbekannter ... niemals der Bruder (das fällt mir jetzt auf: Wozu hatten wir uns verkleidet und verstellt, wenn nicht, um unsere eigene Rolle zu spielen, indem wir sie vertauschten?). Wir liebten das Zwielichtige, Zweideutige, Verbotene und wollten jenen Rausch, der immer aus der Angst entspringt ... und Sehnsüchte, die sich hinter der Schminke verbergen.

Weg mit den Erinnerungen! In den Hintergrund mit Eurem Bild! Zurück zur Kabale, welche die Priester und Senatoren unermüdlich gegen Tanit spinnen. Hiarbas fand die Lösung. Der Afrikaner Hiarbas mit seiner Furcht vor dem Alphabet sollte uns retten! Urteilt selbst: Er schlug vor, statt der Wörter, Namen und kabbalistischen Rätsel eine schlichte Zeichnung zu nehmen, ein Ornamentmotiv, das den Glauben vergegenwärtigt, ohne ihn zu benennen, das zu den Sinnen spricht, ohne eine Bedeutung aufzuzwingen. Und es war keine List, es war nicht der Wunsch, Religiosität in einem dunklen, abstrakten Gemälde zu verbergen; nein, Hiarbas ging es um das Wesentliche: Er sah von innen heraus, was der Glaube an Schlichtheit, Klarheit und Schönheit umfaßte. Er nahm mit einem Blick die ästhetische Dimension dieser Schöpfung wahr und schlug (ganz selbstverständlich) vor, sie zu zeigen, auszustellen und Wirklichkeit werden zu lassen in einer naiven, klaren, spontanen Zeichnung. Hiarbas war kein Theologe und kein Exeget, er war Ästhet, und solche Menschen sind von Natur aus gläubig.

Auf Kalkstein ritzte er eine Scheibe, die wahlweise eine Sonne oder eine Rosette darstellen konnte. Unter diese Sonnenrosette zeichnete er eine umgekehrte Mondsichel und ein Dreieck mit einem kleinen Kreis an der Spitze, dazwischen zwei nach oben geknickte Äste. Ba'al Hammon, unser Gott des Feuers war also hier dargestellt, war er nicht zugleich Sonne und Rosette? Aber man konnte darin genausogut Tanit sehen, mit ihrem fruchtbaren Bauch, die Arme zum Himmel gehoben! Denn dieses Dreieck ähnelte stark einem Frauenkörper.

Ansonsten mußte man, wie in jeder Religion, schauen, ausmalen, träumen und (vor allem!) glauben, daß im Gegensatz zur Schrift, die verbirgt, was sie vorzuzeigen scheint, eine Zeichnung vorzeigt, was sie zu verbergen scheint.

So stellte der Afrikaner mit einer Zeichnung unsere Einmütigkeit wieder her, und darüber hinaus gab dieser Kalkstein meinen Priestern eine wunderbare Lektion in Demut und Schönheit.

Wenn das Bildnis Tanits alles in allem afrikanischen Ursprungs war, so galt das nicht für unsere gute Göttin selbst. Unsere Vettern von Utica – die sich uns angeschlossen hatten – kannten dieses fruchtbare Antlitz von Ba'al sehr gut; ihr Name stand bei ihnen in jedem Tempel, aber sie wußten nicht mehr, woher sie kam. Hatten unsere Vorfahren diese Gestalt von den Griechen, Assyrern oder den asiatischen Pharaonen übernommen? Auch sie hätten es wohl nicht mehr gewußt, und das war gut so! Es schickt sich nicht, daß Götter eine Nationalität haben; es ist richtig, wenn sie über alle Gesichter verfügen. Dennoch waren meine Priester und Senatoren plötzlich wie durch ein Wunder von der Tatsache beruhigt, daß Tanit asiatisch und nicht afrikanisch war, als ob gewisse phönizische Züge diese Göttin den Männern ein wenig näher bringen könnten und sie so erträglicher machten. Sie vergaßen sogar ihre Opposition und waren endlich bereit, zusammen mit den anderen Männern beim Aufbau von Palast und Tempel mit anzupacken.

Wir hatten allerdings noch andere Sorgen als Geschlecht und Nationalität unserer Gottheiten. Ich sagte es Euch schon vorhin: Zu Hunderten, wenn nicht sogar zu Tausenden kamen Phönizier von Utica und anderswo in unsere Neue Stadt. Menschen, die sich niederlassen wollten, kamen von überall her; wir wußten nicht mehr wohin mit den Neuankömmlingen. Manche kamen sogar aus Tyros, man sagte, es sei von Assyrern und Griechen bedroht. Die einst in alle Windrichtungen verstreuten Phönizier zogen nun nach Qart Hadasht, überzeugt, daß es Tyros war, was man hier neu aufbaute. Wie Ihr wißt, ist die Anzahl der Untertanen nicht unwichtig für die Zukunft eines Fürsten; sind es zuwenig Menschen, dann können sie keinen Staat bilden; sind es zuviele, dann erdrücken sie ihn. In der Alchemie der Politik muß es eine ideale Zahl geben: Wenn ein Staat sie nicht erreicht, ist er eine Chimäre, und darüber wäre er ein Alptraum; leider kennen wir diese Zahl nicht.

Wie schon gesagt, Staaten und Regierungen betreffend, lehne ich es ab, zu glauben, daß eine große Anzahl von Bürgern für den Fürsten ein Element von Stärke und Macht darstellt. Trotz ihrer scheinbar präzisen Aussage ist die Anzahl allein in dieser Hinsicht unbedeutend; man muß die Weisheit der Bürger hinzunehmen, die Nützlichkeit ihrer Wissenschaften, das Gleichgewicht und die Harmonie ihrer Institutionen, die Ansichten des Fürsten, seine Gerechtigkeit im Handeln, die Ausstrahlung ihrer Gottheiten, die Anzahl an Friedensschlüssen, die sie verdienen, und an Kriegen, die sie zu verlieren wissen …

Aber kehren wir zu Qart Hadasht zurück: Durchaus zufrieden über die Anziehungskraft, die unsere kaum aufgebaute Stadt schon auf die Phönizier ausübte, wollte ich doch nicht in Begeisterung verfallen und die Schwierigkeiten übersehen, die das zwangsläufig mit sich brachte. Einmal waren diese Leute zwar unsere Vettern, aber sie gehörten nicht zu der Gruppe, welche die Stadt gegründet hatte. Pioniere haben es aber schon immer geliebt, sich mit einer Art Ältestenrecht vor anderen auszuzeichnen. Und diese Schwäche ist so fest in uns verankert, daß meine kleine Mannschaft alle möglichen Privilegien für sich beanspruchte, um den Neuankömmlingen ihren Platz streitig zu machen. Daraus wurde einer der größten Zwiste, mit denen ich mich auseinanderzusetzen hatte. Jene, die sich als Gründer oder Pioniere empfanden, wollten ihre unsichtbare Auszeichnung am liebsten im Erdboden festschreiben. So hatten sie vor, die Ufer der Lagune und die Gärten ringsum für sich zu reservieren, außerdem den duftenden Hügel mitsamt seinen Obstgärten. Neuankömmlinge wollten sie weit hinter die Stadt drängen, auf unbebautes Gelände, das sich im Westen bis zu einem sumpfigen, stinkenden See erstreckte. Die Besiedlung des Bodens und seine Aufteilung sollten auf diese Weise Rang und Stand der Siedler räumlich widerspiegeln. In Qart Hadasht hätte es somit minderwertige Gegenden gegeben. Was für ein entsetzliches Hirngespinst, das Schande über unsere Irrfahrt brachte! Ich lehnte es ab, diesen Verirrungen nachzugeben; der Erdboden sollte nicht eine derartige Ungerechtigkeit widerspiegeln. Ich bestand darauf, eigenhändig den Plan für Qart Hadasht festzulegen, bevor die tyrischen Leidenschaften mir alles durcheinanderbrachten. Ich beschloß, die Entwürfe für die Stadt selbst zu zeichnen und die Nutzung des Bodens und der Flächen festzulegen: am Gipfel des Hügels Tempel und Palast; zu seinen Füßen Hafen, Tophet und Markt. Dazwischen wand sich ein Geflecht von niederen und schmalen Häusern, die von runden Plätzen Luft bekamen. Ich sah diese Stadt als eine unregelmäßige, aber doch wertvolle Perle. Keine Befestigung würde sich zum Meer hin aufrichten, auch der Palast sollte unbefestigt bleiben. Wenn Mauern nötig waren, dann sollten sie hinter dem Hügel, weitab von der Stadt gebaut werden. Und wenn einmal ein Feind sie trotz allem überwand, dann sollte er sich in den engen, verschlungenen Gäßchen verirren, die Einwohner in ihren Häusern suchen müssen; er sollte gezwungen sein, die Stadt niederzubrennen, wenn er sie erobern und unterwerfen wollte.

Innerhalb der Stadtmauern war jeder ein anerkannter Bürger und alle gleich. Die Häuser sollten nicht nach einer Rangordnung zugeteilt werden (welcher auch?), sondern nach Familien. Freilich paßte ich auf, daß die Stadtbewohner nicht nach ihrem Handwerk oder nach Sympathie wieder zusammenkamen, denn dann würden sie sich sofort als Gruppe abkapseln und anmaßende Verbände bilden. Soldat und Bauer, Senator und Kaufmann mußten beisammen wohnen, der Phönizier von Utica bei dem von Tyros, damit sich alle innerhalb der Mauern als Einheit fühlten. Draußen war der Andere, der Unbekannte, Nomade oder Seßhafter, Ungläubiger oder Gläubiger, Feind oder Freund. Wenn er friedlich an die vergoldeten Tore unserer Mauern klopfte, würden wir ihm das Schreiben beibringen, das Geheimnis der Purpurfarbe, die Künste der See und des Handels. Wenn er unsere Befestigungen durchbrechen und unsere Stadt bezwingen wollte, dann würde er unsere Hartnäckigkeit kennenlernen und selbst Verdammung finden.

So stellte ich mir Qart Hadasht vor, zumindest der Plan hatte mit Tyros nichts gemein. Die Pioniere und Gründer waren nun in der bewegten Masse der Neuankömmlinge untergegangen, und so stimmten sie schließlich zu, hatten aber schon eine neue List auf Lager:

»Wenn bei der Aufteilung des Bodens keine Privilegien zulässig waren«, sagte einer ihrer Vertreter zu mir, »sollten dann nicht zumindest gewisse Aufgaben oder Funktionen den Gründern vorbehalten bleiben? Ist es nicht angebracht, daß nur Tyrier vorbeten, Gesetze beschließen, Recht sprechen und im Schreiben unterrichten?«

»Keine Funktion, keinerlei Macht ist ohne Mißbrauch«, antwortete ich. »Keine Gewalt ist ohne Verführung und ohne Exzess. Weil sie den Handel bestimmten, und zwar den ganzen Handel, wurden unsere Vettern von Hadrumetum vertrieben. Weil die Kaste der Schreiber und Beamten alle Geheimnisse für sich behielt, hat sie schließlich das ägyptische Reich vergiftet. Solche Leiden sollten wir Qart Hadasht ersparen. Hier soll jeder, der will und kann, Priester, Soldat oder Senator werden. Jeder, der Lust und Berufung dafür an den Tag legt, soll den Senat leiten, Recht sprechen oder das Gebet anstimmen …«

Jeder?

Ich war mir darüber noch nicht im klaren. Zumindest war das meine Vorstellung von einem neuen Staat. So und nicht anders wollte ich mir Qart Hadasht erträumen, bevor die Menschen es aufbauten und beschmutzten.

Eine Stadt träumen.

Sich eine Ordnung vorstellen, sie entwerfen und den Glauben wagen, daß sie allein durch die Kraft des Traums verwirklicht werden kann. Solche Worte gefallen Euch nicht, stolzer Pygmalion, denn Ihr wißt nicht, daß unsere sogenannte Politik in Wahrheit weniger auf den Gesetzen, Entscheidungen und Handlungen des Fürsten basiert als auf Mythen und Bildern. Und wenn wir immerzu die von uns entworfene Ordnung ausarten lassen, wenn wir immerzu die Stadt beschmutzen, die wir eben erst aufgebaut haben, dann nur deshalb, weil es sehr schwer ist, die Reinheit der Träume und die Kraft der Mythen zu erhalten. Mein Gott, wie schön war die Irrfahrt, denn sie ließ unsere Sehnsüchte gedeihen! Weshalb überhaupt mußte die Reise zu Ende gehen? Weshalb hatten wir dieses Meer überquert, wenn nichts anderes dabei herauskam, als daß eine umherziehende Königin wieder seßhaft wurde und das Drama der Eitelkeiten von neuem begann? Schon zankten sich die Sirenen der Freiheit und das Reich der Sicherheit um meinen Kopf; und schon mußte ich eine Wahl treffen.

Noch bevor wir dieses Königreich der Versprechungen, diesen Staat des Exils und der Wiedergeburt errichtet hatten, war ich bereits mit Interessen, Begehrlichkeiten, Atavismen und Gewohnheiten konfrontiert, alle verpackt im konfusen Vokabular von Recht und Sicherheit. Und jeder pochte auf sein gutes Recht und wollte kein anderes gelten lassen. Noch bevor der letzte Ziegel auf das letzte Dach der Stadt gelegt war, traten schon innere Kämpfe zutage, und Machtwille suchte seinen Ausdruck bis zur letzten Konsequenz. Mitten in diesem Tumult, der auf der Baustelle von Qart Hadasht anwuchs, erhob sich eine Familie gegen die nächste und versuchte, ihre Kinder in der Nähe eines Throns zu plazieren, der noch nicht einmal errichtet war.

Dies war nun das wirkliche Ende der Irrfahrt, der Anfang aller Zerissenheit.

Und welches Organ, welche Gliederung konnte die Anziehungskraft der Macht wenn nicht unterdrücken, so doch zumindest abmildern?

Trotz dieser finsteren und entmutigenden Zustände wollte ich mir ein ursprüngliches Königtum vorstellen, in dem auch der Traum noch seinen Platz hatte: eine erbliche Monarchie, in der die Monarchen jedoch von einem Rat gewählt wurden, dessen Pflicht es war, den Wertvollsten unter den Thronbewerbern zum König zu machen. Auf diese Weise würde die Geburt allein nicht ausreichen, um jemanden zum Fürsten zu machen, es waren auch persönliche Verdienste gefordert. Das Prinzip der erblichen Aristokratie – welches unseren Vorfahren so teuer war – wollte ich beibehalten; aber die Abwägungen des Rats würden es einschränken. Das Prinzip der Wahl – welches unseren Neuankömmlingen so teuer war – wollte ich einführen; aber der mit ihm verbundene Ärger und die Korruption sollten durch die Stabilität begrenzt werden, welche die Erblichkeit bietet. Eine Gewalt sollte die andere überwachen, ein Gesetz das andere beschränken. Solche Vorsicht schien mir sehr weise. Wissend, daß er gewählt worden war, würde der König seinem Laster nicht freien Lauf lassen (welches der Macht wie ein Zwillingsbruder gleicht ...). Wissend, daß sie von der Ausübung einer Macht gebunden und betroffen waren, zu deren Ausformung sie selbst beigetragen hatten, würden die Leute mehr Zurückhaltung und Mäßigung gegenüber öffentlichen Angelegenheiten zeigen.

Ist das eine gute Formel? Die Zeit allein richtet über das, was wir Menschen schaffen. In den Händen eines guten Königs, eines guten Rats und eines guten Volks wird sich diese Verfassung als gerecht und ausgewogen erweisen; trotz der Streitigkeiten, die sie sicher bald bei den Weisen in öffentlichen Angelegenheiten auslösen wird, fehlt es ihr nicht an Eleganz. Ein schlechter König, der sich auf einen Rat aus Feiglingen stützt und von einem nachlässigen Volk getragen wird, kann diese Verfassung sicher in eine fatale Verkettung von willkürlichen Entscheidungen, Ungerechtigkeiten und endlosen Komplotten verwandeln. Das ist unvermeidlich. Die Mitglieder des Rats werden dann bald um ihre Stimmen feilschen und im voraus die Haut des Königs zu Markte tragen. Sie werden mit der Zukunft des Reiches spielen, sie werden es mit der Zeit immer häufiger und geschickter tun, bis sie schließlich glauben, sie seien die alleinigen Richter und Herren. Sie werden sich so wenig um die Öffentlichkeit scheren, daß die öffentlichen Angelegenheiten selbst zu einem trüben Brei werden, schmutzig und ekelerregend, einem Geschäft, von dem man sich angewidert abwendet, zu reinem Palastgeflüster, wobei diese Paläste leer sein werden, weil Gerechtigkeit und Ehre sie verlassen haben.

Aber was taugt eine Verfassung, die so unterschiedliche Interpretationen zuläßt? Welche Bedeutung kann ein Text haben, dessen Schicksal allein von dem abhängt, der ihn in der Hand hält? Menschliche Gesetze und Verfassungen, mein lieber Bruder, sind nur so viel wert wie der Fürst, der sie liest und anwendet, nicht mehr und nicht weniger. Und ich für meinen Teil kenne nur ein sicheres und vertrauenswürdiges Gesetz. Es ist das, welches der Sonne befiehlt, aufzugehen, und sie veranlaßt, wieder unterzugehen. Dieses Gesetz ist allerdings nicht menschlichen Ursprungs. Und wer unter den Menschen könnte sich rühmen, die ideale und endgültige Verfassung erdacht zu haben? Wer könnte sich in die Brust werfen und behaupten, von ihm stamme ein gerechter und beständiger Erlaß?

Was die Rechte und Kennzeichen unseres paradoxen Königs angeht – ich kann sie Euch noch nicht beschreiben; mein Entschluß ist noch zu frisch. Ich möchte Euch lieber sagen, welche Aufgaben er hat. Daß er verpflichtet ist ... zur Untätigkeit: Er darf den Rat nicht auflösen und sich zum absoluten Herrscher machen, sonst würde er zur Strafe abgesetzt und ans Kreuz geschlagen. Er hat keine Gesetze zu erlassen, denn dafür gibt es Versammlungen genug. Er wird nicht Gericht halten, denn er soll Urteile überprüfen und nicht fällen. Er darf keinen Krieg erklären, seine Rolle besteht darin, Kriege zu vermeiden. Und selbst wenn es zu feindseligen Handlungen kommen sollte, wird er keine Schlacht anführen, denn die

Generäle werden besser bewaffnet sein als er. Er wird auch keinen Frieden schließen, es ist Sache von Volk und Senat, darüber zu entscheiden. Er wird keine Münzen prägen, dieses Recht steht allein den Kaufleuten zu. Er wird nicht dem Tempel vorstehen, die Priester sind für diese Aufgabe ausgebildet. Er kann es sich nicht herausnehmen, Leben zu geben oder dem Tod nachzuhelfen, darüber herrscht Gott allein. Zur Saatzeit wird er die ersten Körner in den Boden legen, und am Tag der Ernte wird er die erste Ähre pflücken. Zur Stunde des Kampfes muß er an der Spitze des Heeres stehen, und am Tag des Friedens wird er der letzte sein, der in sein Heim zurückkehrt. Wenn ein Gast auf der Durchreise an unsere Tore kommt, muß er ihn empfangen, ihm unsere Gesetzestafeln verlesen und ihm den Wortlaut unserer Bräuche verkünden ...

So wird die Regierungszeit unseres guten Fürsten vergehen, der meiner Fiktion entsprungen ist.

Aber, Pygmalion, schon höre ich Euch rufen: »Was ist ein König, dem man solche Aufgaben und Pflichten auflädt? Ein Gespenst von einem Fürsten! Ein Skelett an Autorität! Ein gelähmter Schrumpfkönig ...«

Nein, Bruder, er wird ein Fürst sein, wie ihn die Leute sich wünschen und entwerfen: diskret in seinem Auftreten, aber beständig und sicher, eher ein Glaube als ein Gesetz, eine Stimme eher als ein Befehl, ein Schiedsrichter eher als ein Konkurrent, eher sichtbarer Sitz der Macht als die Gewalt selbst, eher Beschützer der Gemeinschaft als ihr Vertreter, eher Wächter über die Gebete als ihr Gegenstand, eher das Symbol der

Stadt als ihre Politik. Ist ein solcher König noch menschlich? Kann es diesen Fürsten wirklich geben, oder haben wir ihn uns bloß vorgestellt, aus unseren Träumen genommen, auf den Thron gesetzt und mit Tugenden ausgestattet, die wir selbst nicht besitzen? Ist unsere Verfassung für Menschen oder für Engel gemacht?

Das ist unwichtig, denn jeder Text dieser Art zeichnet ein ideales Bild von den Herrschenden, er schärft den realen Mächtigen ein, daß sie, wenn sie dieses Modell schon nicht verkörpern können, es zumindest nachahmen und ihm nahekommen sollen. Es ist sehr gut, wenn eine Gemeinschaft ihre Hoffnungen und die Prinzipien, denen sie zu gehorchen gedenkt, laut und deutlich verkündet; es ist an den Fürsten, genau zuzuhören und darüber nachzudenken, was es sie kosten kann, wenn sie davon abweichen. Eine Verfassung ist nichts anderes als eine Anrufung, eine Beschwörung magischer Natur, und damit eher religiös als politisch oder weltlich, deshalb setzen die Menschen an ihren Anfang ja auch immer einen Appell an Gott.

Das Grundgesetz von Qart Hadasht kann nicht den Stil jeder anderen Verfassung vermeiden noch ihrem Schicksal entgehen: Es schreibt Träume fest und dokumentiert stolz die Kraft einer Fiktion. Es ist an uns Herrschenden, uns von ihr inspirieren zu lassen, an uns Fürsten, ihr ähnlich zu werden. Diesen Preis müssen wir bezahlen, damit uns die Chronisten und weisen Männer benachbarter Nationen nicht länger als ein barbarisches Volk[24] ansehen.

Dem König steht ein Senat gegenüber. Dem Senat ein Kollegium aus einhundert Richtern. Und um sie alle zu kontrollieren, gibt es die Bürgerversammlung. Eine komplexe Architektur? Vielleicht, aber der Aufbau eines Staates verlangt auch Kenntnisse in der Baukunst. Man muß den richtigen Entwurf erstellen, die passenden Materialien wählen, dem Gebäude ein sicheres Fundament geben und das Ganze mit Weisheit und Geduld errichten.

Als die Mitglieder des Senats gewählt waren, forderten meine Reisegefährten, diese »ersten Bürger«, daß sie innerhalb der Versammlung eine feste und dauerhafte Gruppe bilden durften, was ihnen gewährt wurde; sie nannten sich Ältestenrat. Für mich lag darin nichts Störendes: Wenn ich viele Zentren der Macht anlegen wollte, um so die Macht besser zu kontrollieren, warum sollte ich es dann nicht zulassen, daß die Pioniere und Gründer auch weiterhin den roten Faden unserer Geschichte bildeten, die dazu bestimmt war, sich selbst zu erzählen? Nur um diesen Preis konnten wir vielleicht jenen segensreichen Teil unserer Wünsche retten, die bei Gründung unserer Stadt Pate standen.

Alles andere würde die Wahl entscheiden. Dabei konnte man freilich nicht jedem Hergelaufenen eine Stimme geben. Hier bildete die Mehrheitsentscheidung keine ausreichende Garantie. Das Prinzip von Qart Hadasht war, daß man wie in Tyros zuerst beweisen mußte, ob man in der Lage war, die eigenen Angelegenheiten zu regeln, bevor man für die Regelung der Angelegenheiten des Königreiches zugelassen wurde. »Eine weitere Ungerechtigkeit!« werden die weisen Männer einwenden. Darauf möchte ich antworten: Wenn man zu unbeständig ist, um das eigene Leben zu meistern, kann man auch nicht dem Leben der anderen eine verläßliche Orientierung geben ...

Aber trotz ihrer moralischen Dimension war das keine Frage, bei der ich mich allzulange aufhielt. Viel bedeutender schien es mir, eine Handhabe dagegen zu finden, daß eines Tages aus der Vielzahl von Versammlungen ein Tyrann aufsteigen könnte, irgendein Demagoge, dem die Leute an den Lippen hängen und willig in den Abgrund folgen. Das war keine fernliegende Sorge. Es ging mir nicht um die Eleganz meiner Doktrin, manche Familien bewegten sich nämlich schon in diese Richtung, ihre ältesten Söhne machten ganz offen mit unverhohlenem Ehrgeiz Propaganda für sich. Weder der Ältestenrat noch der Senat noch das Richterkollegium konnten solcher Agitation Einhalt gebieten, der Aufruhr kam ja aus ihren Reihen. Ihr kennt Zustände dieser Art sehr gut, Pygmalion, Ihr seid damit vertraut. Man muß nur bei der Wahl (also in der einen oder anderen Versammlung) einen Freund plazieren, der einem alles verdankt, einen Speichellecker, der zu jeder Gemeinheit fähig ist, einen Armen, den man reich, einen Enterbten, den man zum Edelmann gemacht hat, und schon ist die Versammlung zu allen Abenteuern bereit, zu jedem Zugeständnis gegenüber dem voraussichtlichen Oberhaupt (dessen einzige Voraussicht darin besteht, daß er mit weniger Skrupeln belastet ist). Ihr kennt, wie gesagt, diese Praktiken, seid ihr nicht selbst so auf den Thron gekommen?

Betäubt von dem Tumult, der in Qart Hadasht immer lauter wird, ziehe ich mich in meinen tyrischen Traum zurück, zu den flüchtigen Empfindungen meiner Irrfahrt ... und zu deinem Bild, als du noch jung warst, mit zahlreichen Gesichtern, die sich immer wieder verflüchtigten. Du hast zwar gerne Frau gespielt, aber du hast dich auch männlichen Spielen und deinem muskulösen Körper gewidmet. Warst du ein weibischer Junge oder ein jungenhaftes Mädchen? Niemand wußte das genau. Ich liebte diese zweideutige Körpersprache an dir, sie verzauberte mich und gab mir eine Ahnung von dem Rausch beider Geschlechter ... und auch schon von verbotener Liebe und Flucht. Schon damals mußte Tyros zwischen dir und mir wählen. Und doch hattest du noch nichts von dem zukünftigen Mann, und ich war keine Femme fatale.

Der zukünftige Mann. Die Femme fatale. Eine eigenartige Manie, die Menschen nach ihrem Geschlecht zu bewerten. Lassen wir das ...

Auch Königreiche sind mit einem Geschlecht ausgestattet; und ich weiß nun, daß sie immerzu zwischen Vorsehung und Schicksal schwanken.

Ist das die Ernüchterung einer Fürstin am Rand einer Stadt voll Radau?

Nein, das Geständnis einer Frau, die Träume verehrt und Wachsamkeit haßt.

Müde.

Müde von so viel Umsicht! Gealtert über all diesen Vorsichtsmaßnahmen, all diesen Anstrengungen, all dieser Erfindungskraft, die ich aufwenden mußte, daß der Staat seine eigenen Prinzipien respektiert und auch weiterhin am Kampf des Guten gegen das Böse teilhat. All diese Schliche der Vernunft, der Wissenschaft und Ethik, damit der Staat sich nicht mit Effizienz begnügt, sondern für gerecht erachtet wird, damit er sich nicht mit Stärke zufrieden gibt, sondern mit seiner Stärke auch Zuversicht und Trost einflößt.

Ich weiß, die Fürsten sprechen nicht die Sprache der Ethik; aber das heißt nicht, daß der Staat ein immoralisches Prinzip darstellt. Das heißt lediglich, daß kein Staat von sich aus moralisch ist.

Die Spinne hatte ihr Netz gesponnen, jetzt mußte sie nur noch einen Körper bekommen. Was ist der Staat für eine eigenartige Angelegenheit, beinahe verkehrte Welt! Von den Individuen selbst ausgeschieden, neigt der Staat dazu, sie zu verschlingen. Aus den Leiden einer Gemeinschaft geboren, schickt er sich an, sie hervorzubringen.

Wie soll man ein solches Paradoxon gebären?

Auf einmal gab es »weise Frauen«, die mir die Tür einrannten. Allen voran unser Vetter Abdel Melqart[25], der reiche und mächtige Kaufmann von Utica. Überheblich und selbstzufrieden, immer zu Possen aufgelegt, durchdrungen von seinem großen Reichtum, launisch wie ein Vulkan, machte er schon Propaganda und versuchte, alle zu kaufen, die käuflich waren. Wahrscheinlich dachte er, er könnte ein Königreich führen, wie man einen Laden verwaltet, kleinlich und verschlagen, nur mit Schlichen und Berechnung. Er arbeitete mit den süßesten Versprechungen (seine Schätze wollte er dem Staat zur Verfügung stellen) und den heftigsten Drohungen (er wollte Utica gegen uns aufhetzen). Schließlich hat er die Leute mit seinen immer gleichen Reden gelangweilt. Wir mußten lernen, ihm einfach nicht mehr zuzuhören, aber er machte solch einen Lärm! Es ist ihm sogar gelungen, einige Kaufleute aus Tyros, etwa zehn der aus Hadrumetum Entkommenen und zwanzig Soldaten für seine Sache zu mobilisieren.

Diese kleine Schar zog eines frühen Morgens zur Baustelle des Palasts und verkündete die dringliche Notwendigkeit eines ... Staatsstreiches! Gegen einen Staat, der noch nicht einmal geboren war. Anfangs glaubten die Maurer, Architekten, Zimmerleute, Arbeiter an einen Scherz oder eine Art Generalprobe für die Zeremonie, mit der die Autoritäten eingesetzt werden sollten ... Aber nein, Abdel Melqart und seine kleine Truppe ließen sich nicht davon abbringen. Sie zeigten sich ernst und entschlossen, zum Beweis ihrer Entschiedenheit fanden sie es angebracht, einen Arbeiter und einen Architekten zu töten. Das gab eine Schlägerei! Die Maurer bewaffneten sich mit Werkzeug, Steinen, Balken, Sandsäcken und standen wie ein Mann gegen die Angreifer ... Nach dem, was man mir gesagt hat, soll die Schlacht einige Stunden gedauert haben; die Zeit, welche man benötigte, um Abdels kleine Truppe zu zerstreuen und ihn selbst nicht weit vom Hafen an der Tempelbaustelle zu stellen. Freilich waren die Kräfte ungleich verteilt: Die Arbeiter waren in der Überzahl, und außerdem verstanden sie es, ihre Waffen zu führen. Abdel und seine Bande von Ladenschwengeln glaubten hingegen, man könnte einen Staat erobern, wie man in einen Bretterverschlag einbricht ... Diese beklagenswerte Vermischung der Ebenen kam unseren Lehrling teuer zu stehen. Einmal im wahrsten Sinne des Wortes, weil er seine Kumpane zu bezahlen hatte; und dann auch im übertragenen Sinn, denn damit hatte er seinen Kredit verspielt.

Leider war das nicht die letzte Posse unseres Vetters aus Utica, aber die folgenden waren nicht gegen den Staat gerichtet. Ich weiß nicht, ob die Chronisten eines Tages unseren Abdel Melqart berücksichtigen werden; im Augenblick schien er zwar nicht sonderlich begabt für Öffentliche Angelegenheiten, aber dafür legte er einen gewissen Mut und eine große Berufung für das Abenteuer an den Tag, das war nicht zu übersehen.

Ein zweiter Konkurrent war durchaus klüger als er, aber zeigte doch auch Schwächen. Es handelte sich um den Ältesten der Magoniden, dieser großen Pflanzerfamilie, die einst in Sabrata ihren Sitz hatte. Ich selbst hätte der Inthronisation dieses Bauernfürsten gerne zugestimmt, allein die See blieb ihm ein Rätsel; er kannte weder ihre Straßen und Ufer noch ihre Launen. Viel Zeit war vergangen, seit die Magoniden dem Ozean den Rücken gekehrt hatten, um ihre Füße an den Boden und die gute Erde zu schmieden. Sicherlich war es ganz richtig, wenn man sich dem Ackerbau zuwandte, aber ein phönizischer Staat benötigt gute Seeleute und Navigatoren, die es nicht lassen können. Nicht, daß Bauern weniger begabt wären, eine Nation zu führen, weit gefehlt! Sie schaffen überall und immerzu solide, stabile Verhältnisse (unsere ägyptischen Nachbarn stehen dafür), aber Qart Hadasht ist eine Perle des Meeres (und wird es noch lange bleiben), eine Metropole, die sich dem Meer darbietet, eine Stadt des Wassers, der Dünung und der Stürme; ein Schiff (nein, doch eher ein Floß ...), bereit, die Leinen zu kappen und sich hinauszuwagen beim ersten Ruf der Wellen, der unbekannten Färbung des Azur und der blauen Unwetter. Man kann Qart Hadasht nicht lieben, ohne die See und ihre Unbilden zu kennen. Man kann diese Stadt nicht regieren, wenn man die Leichtigkeit des Ruders und das Gewicht des Ankers nie gespürt hat. Qart Hadasht ist eine inzestuöse Frau (und wird es bleiben), nur ihre beiden Brüder, der Seemann und der Ozean, dürfen sie nehmen; und Magon war zu brav für solche Anfechtungen.

Ich wollte keine Salbung, das Heilige ist immer vergänglich. Ich wollte keine Krönung, denn Krönungen sind immer tückisch. Wenn ich bereit war, in einer Zeremonie, die man für mich feierte, die Königin zu sein, dann, weil ich mehr als jeder andere den Wert echter Erhabenheit anerkenne. Nicht jenen schillernden, überflüssigen Prunk, mit dem sich falsche Fürsten umgeben, sondern würdige, leuchtende Zeremonien, in denen der Staat sich selbst spielt, wo man ihn gerne so sieht, wie er sein sollte: ein Kondensat aus Geist und Kraft, eine Kristallisation kollektiver Träume und individueller Erwartungen, eine grandiose Verkörperung dessen, was der Mensch erschaffen kann, um dem Vergessen und der Abnutzung des Andenkens zum Trotz zu überdauern. Jene Zeremonien ohne unnützes Beiwerk, in denen der Fürst gut scheint, weil er schön ist, und großzügig, weil er seinen Palast öffnet und seine Schätze offenbart.

Trotz der Vergänglichkeit des Heiligen und gegen alle Illusionen der Krönung fühlte ich mich doch diese eine Mal als Königin! Königin für einen Tag, aber eine vollkommene! Zumindest während dieser Zeremonie war ich es wirklich und mit ganzem Herzen. Ohne Zurückhaltung oder Scham, ohne Vorbehalt oder Schüchternheit habe ich mich den Leuten gezeigt, die meinen Regierungsantritt feierten. Und sie nannten mich »Mutter«! Eine eigenartige Bezeichnung für eine Witwe ohne Kinder, nicht wahr? Aber ich habe nicht die Dummheit begangen, diesen Titel abzulehnen; das wäre auch undankbar gewesen, denn indem mich das verwaiste Volk so nannte, gab es seinen Erwartungen und seiner Ungeduld einen Namen. Indem sie mich zur Königin wählten, hielten mir diese Leute einen Spiegel vor, und sie wünschten so sehr, sich zumindest mit dem Bild, das ich ihnen zu geben wagte, zu identifizieren (oder vielleicht in ihm eine Ähnlichkeit mit sich festzustellen), wenn sie sich schon nicht selbst erkennen konnten. Es fehlte ihnen ein Vaterland, ich würde ihnen ein Vaterland sein. Es fehlte ihnen ein Hafen, ich würde ihr Hafen sein. Und bald würden sie sich einen Mythos erfinden wollen, und ich würde dieser Mythos sein.

Der Ruhm der Salbungsfeierlichkeiten ist noch nicht verstummt, aber schon ruft mich der Scheiterhaufen. Wie ungeduldig ist das Feuer. Und wie lang sind oft die Nächte, die auf das Heilige folgen. Nach der Krönung erscheint alles fremd. Plötzlich stellt man überrascht fest, daß der Traum vorbei ist. Auf einmal betrachtet man nicht mehr das Meer. Und schon verschwindet die Irrfahrt mit ihren Gerüchen und Farben, verliert sich im Stillstand des Gedenkens. Ja, im Stillstand, denn ein Paradoxon lebt jetzt in mir. Und es läßt nicht zu, daß sich meine eigene Erinnerung ordnet: Ich bin Königin! Das Gedächtnis dieser Gemeinschaft wird in mir niedergelegt wie in einen Bronzeschrein, niemand kann diese ausgesuchten, angepaßten und geläuterten Erinnerungen für sich allein besitzen. Niemand, nicht einmal ich! Ich habe sie nur in Verwahrung.

Aber meine eigenen Erinnerungen? Und mein Gedächtnis?

Und diese Schreie aus Tyros, ich höre sie noch!

Und dieser Traum, der mich zwang, dich zu verlassen?

Und unsere Kinderspiele?

Und unsere zwielichtigen Spiele in der Jugendzeit?

Und diese Vorliebe fürs Verbotene, die mich dir unablässig in die Arme trieb?

Und heute fliehe ich vor dir …

Alles ist fremd in meinem neuen Königreich: diese purpurne Dämmerung, die dem Meer entsteigt, dieser Scheiterhaufen aus Sandelholz, den ich vor dem Osttor des Palastes errichten ließ, als wollte ich dich ein letztes Mal umarmen.

V

Primum Mobile

Wenn du meinen Gatten nicht ermordet hättest ...

Wenn ich diesen Traum nicht gesehen hätte, der mir befahl, vor dir zu fliehen ...

Wenn man in Sabrata die Musik gekannt hätte ...

Wenn man in Hadrumetum freundlich gewesen wäre ...

Wenn die Sterne uns den richtigen Weg nach Utica gezeigt hätten ...

Wenn du ... wenn ich ..., wäre dann Qart Hadasht dem Meer entstiegen? Wäre ich dann jetzt eine dem Feuer geweihte Königin?

Lassen wir diese Fragenkette im Zwielicht, aus dem sie stammt. Die Suche nach Kausalität, nach dem Moment, wo mit der Kausalität plötzlich ganz naiv die Pferde durchgehen, ist nur ein ermüdender Tagtraum. Zu viele große Geister sind über der Verteidigung der Schändlichkeit des Geistes gestorben. Geschlechter von Chronisten und weisen Männern werden noch ihr Leben auf der Suche nach dem ersten Grund verlieren, jedesmal werden sie ihn von neuem erfinden. Denn das Unkraut des Zufalls wird immer das Samenkorn der Notwendigkeit überwuchern.

Am Anfang war die Liebe. Am Anfang war das Verbot. Am Anfang war ein Mord. Am Anfang war ein

Traum; und ein Traum war der Beginn meiner Irrfahrt. Keine Notwendigkeit scheint diese wirre Kette zu verbinden, man könnte sie genausogut rückwärts lesen und würde nichts entstellen: Am Anfang war die Irrfahrt, am Anfang waren der Traum und der Mord und das Verbot ... Diese Reihenfolge ist wie jede andere nur ein rhetorischer Effekt, nichts weiter. So könnte ich in meiner Geschichte, ohne etwas zu verzerren, schreiben: »Am Anfang war die verbotene, gemordete, umherirrende Liebe«, oder auch »... die gemordete, umherirrende, verbotene, geträumte Liebe ...« Nichts würde dadurch dunkler oder klarer.

Wenn du die Bücher unserer persischen Nachbarn oder unserer jüdischen Vettern liest, kannst du feststellen, daß nur die Ordnung des Erzählens den Dingen eine scheinbare Klarheit verleiht. Und die Ordnung des Erzählens ist immer nur die der Worte. Völker, die es lieben, die Schöpfungsgeschichte zu erfinden und erzählen, wissen das sehr gut; sie, die, um den Beginn des Lebens zu beschreiben, nichts anderes tun, als von der Vorgeschichte des Wortes zu sprechen. Der Gott der jüdischen Schriften hat das genau gesehen, er ordnete seine Geschöpfe nicht nach ihrer Notwendigkeit, sondern nach ihren Namen: »Gott nannte das Licht Tag und die Finsternis Nacht ... Da ward ... der erste Tag ... Gott nannnte die Feste Himmel ... Da ward ... der zweite Tag ... Gott nannte das Trockene Erde, und die Sammlung der Wasser nannte er Meer ...«[26]

Aber die Dringlichkeit der Schöpfungsgeschichte? Aber die Notwendigkeit der Schöpfung? Und ihr *primum mobile*?

Darüber sagt uns das Buch der Juden nichts. Vielleicht war es ein Traum, tief in der Erinnerung ihres Gottes? Vielleicht ein unaussprechlicher Traum? Ein konfuser Traum, den dieser Gott vor dem ersten Tag geträumt hat und über den wir nichts erfahren werden, höchstens durch die Worte unserer jüdischen Vettern: »Und Gott sah, daß es gut war.«[26]

Zweifellos, aber du wirst zugeben, daß dieses lückenhafte Urteil nicht ausreicht, um die Schöpfungsgeschichte zu erklären! Dieser Gott konnte doch nicht alles geschaffen haben, nur um zu sehen, daß es »gut war«.

Und das um so weniger, als er dann nach nicht allzulanger Zeit (ein paar Verse weiter) feststellen mußte, daß es überhaupt nicht »gut war«, weil seine eigenen Geschöpfe sich derart undankbar zeigten, daß er sie aus dem Garten Eden verjagen mußte. Mit den Worten unserer Vettern:» ... da reute es ihn, daß er die Menschen gemacht hatte auf Erden ... «[26]

Ein Gott, der bereut? Warum nicht?

Und doch, auch wenn es für ihn ein böses Erwachen war, auch wenn seine Geschichte mich traurig macht, ist es nicht dieser zum ersten Mal erzürnte und leidende Gott, welcher uns anzieht? Was mich reizen könnte, ist der Gott vor der Schöpfung. Der Gott am Nullpunkt der Nacht, der Erde, des Stillstands der Wasser und des Meers. Der Gott vor den Wörtern. Der Gott vor dem Zorn und der Reue. Gott im Begriff, seine Schöpfung zu träumen. Man kann nämlich davon ausgehen, daß am Anfang ein Traum war.

Mein Traum gehört zwar nicht zur Legende, aber zumindest hatte er einen Sinn. Es war ein Traum kurz vor dem Erwachen, genau zu jener Stunde, wo das Bewußtsein gegen den Strom des Schlafs schwimmt und so versucht, sich einen Weg zum Tag hin zu bahnen. Diese sind die einzigen prophetischen Träume, weil die Seele hier schon wach und auf der Hut ist. Es war ein farbloser Traum ohne Tiefe: die Figuren flach aneinandergereiht, als hätten sie keinen wirklichen Körper, und grau. Mein Traum wühlte den Gischt der Dinge auf, als wollte er mir den Zugang zu ihnen verwehren: Ich preßte meinen Gatten an mich, wir lagen auf dem Bett. Es war sehr kalt, und wir waren nackt. Das Zimmer leer und offen, keine Tür. Ich versuchte, Acherbas zuzudecken, er flüsterte: »Ich bin tot, und Tote brauchen keine Decke mehr, nur ein Leintuch, Pygmalion weiß, wie man es webt … geh!« Da ging ich fort, um zu tanzen, nackt und duftend unter Zedern und Zypressen. Ich zeichnete schamlose und leichtsinnige Fresken auf den Sand. Ich gab einem vorübergehenden Seemann meine Hand. Ich ahnte dein Seufzen unter meiner Liebkosung, und, immer dieses Bild, Acherbas rannte mir nach, verfolgte mich, er schrie: »Ich sterbe und du tanzt… nur ein Leintuch…« Da lief ich durch die Gänge des Palasts, kreisförmige, endlose Gänge. Und alle führten zu deinem Zimmer. Ich stürzte hinein, hier war es angenehm und warm. Du strecktest mir lächelnd den Arm entgegen, ich bat dich um ein Leintuch für Acherbas. Du lachtest und zogst mich zu dir … Ich liebkoste dich und floh von neuem. Ich lief die kreisförmigen, endlosen Gänge entlang, und wieder kam ich in dein Zimmer; all diese verfluchten Gänge mündeten in deinem Zimmer! Du warst noch da, du strecktest mir den Arm entgegen und immer dasselbe Lächeln, und zwei assyrische Soldaten stützten dich, und ein Vorsänger sagte ein Totengedicht. Da lachtest du noch lauter, aber es war ein böses Lachen. Ich lief hinaus, und wieder kam ich zu deinem Zimmer! Beim letzten Mal (war es wirklich das letzte Mal?) warf ich mich auf dich, als wollte ich dich am Lachen hindern. Du hattest einen Dolch in der Hand, du warst nackt und männlich. Erschöpft suchte ich das Zimmer meines Gatten auf. Er war tot. Um seine Leiche standen unser Vater Mattan, Mutter, du (eine Krone auf dem Kopf), zwei oder drei Priester, zehn Klageweiber (unter ihnen erkannte ich deine Frau Astarbe) und ein alter jüdischer Wunderheiler mit einem Buch in der Hand. Ihr habt laut aufgeheult und mich in die Gänge zurückgejagt. Mutter schrie Verwünschungen. Vater sagte nichts, er weinte. Acherbas (der in das Leichentuch gewickelt dalag und gleichzeitig vor mir stand) schien Gebete zu murmeln. Die Klageweiber schrien: »Verrat im Hause der Ithoba'al!« Die Priester sagten: »Das ist das Ende von Tyros, Sidon und Gebal, Blut hat Blut geschändet, die phönizische Nachkommenschaft ist mit Wahnsinn geschlagen.« Der Wunderheiler zeterte: »Ich klage das Weib an für alle Sünden der Welt ... weshalb hat mein Volk ihm diesen feinsinnigen und lebensspendenden Namen[27] gegeben, wo doch der Tod in ihm wohnt?« Und er sagte: »Gott hat diese Kreatur im Schlaf des Mannes geschaffen; als er sie schuf, weigerte er sich, ihr einen Namen zu geben[28]. Und die Priester sprachen ihm nach, und Acherbas flehte sie an, keine jüdischen Gebete anzustimmen. Und Vater weinte über die Ithoba'al und über dich und Elissa. Und du hast lächelnd die Krone befingert, und Astarbe hat dich liebkost. Wieder tanzte ich über den Strand, wieder lief ich durch die endlosen Gänge, und in deinem Zimmer sah ich Acherbas. Er wischte mir den Schweiß von der Stirn und sagte mir, ich solle fortgehen, Tyros verlassen, bevor die Griechen und die Assyrer es zerstören würden. Du hättest ihn ermordet. Er zeigte mir seine Wunde und sagte: »Dein Bruder plant deinen Tod; ich werde nicht mehr da sein, um dich zu beschützen ... Geh fort, nimm Tyros in deinem Herzen mit und fliehe aus Phönizien, denn es erlischt aus Mangel an Liebe ...«

Das war mein Traum.

Ich kann nicht sagen, es sei ein böser Traum gewesen, weil ich Träume nicht vordergründig nach Sanftheitsgraden einteilen möchte. Träume sind weder gut noch schlecht. Sie wollen nur das sein, was wir selbst sind, sie atmen unser Leben.

Ein guter oder ein böser Traum?

Unwichtig, wie wir es nennen, diese Dinge haben ihr eigenes Vokabular, ihre eigene Syntax, sie kümmern sich nicht um unsere Sprache.

Als Mädchen dachte ich über Träume, gute und böse, was alle jungen Mädchen über sie denken: »Das ist nichts ... nur ein Traum ... kann nicht wirklich sein, weil es nur ein Traum ist ... kann nicht wahr sein, weil es nicht wirklich ist ...« Alle diese konfusen Vorstellungen hatte ich im Kopf. Um damit fertigzuwerden, brauchte ich nur zu glauben, daß das Gegenteil vom Traum die Wirklichkeit war und, was wir träumten, nicht wahr sein konnte. Bis zu dem Tag, als die Wirklichkeit der Träume begann, mir ihre verwirrenden Wahrheiten zu enthüllen. Ich ließ die Jungmädchenzeit hinter mir. Ich kam in jenes undefinierbare Alter, wo alles mit Schranken und Grenzen versperrt ist, jenes Alter, wo Träume nicht zwangsläufig unschuldiger werden, weil sie an Perversem verlieren; jenes Alter, das man gerne das Erwachsenenalter nennt. Und ausgerechnet als Erwachsene hatte ich diesen Traum. Nun war ich vor Schmerz erstarrt. Ich hatte genug zu leiden, um zu verstehen, daß das Gegenteil des Traumes nicht immer schlicht und einfach die Wirklichkeit ist, sondern das Bewußtsein, das man von ihr haben kann.

Die Dinge sind nie so klar erkennbar, als wenn das Leid sie enthüllt hat. Der Zugang zur Wirklichkeit der Träume sollte mich teuer zu stehen kommen.

Was du nicht sagst, gehört dir. Was du sagst, gehört deinem Feind ...« Wenn in diesem Sprichwort ein

Stück Weisheit steckt, dann hätte mein Traum sich daran halten sollen. Wie sehr wünschte ich, er wäre weise und stumm geblieben! Aber Träume sind selten weise, und der meinige hat alles dem Bewußtsein weitergesagt, seinem schlimmsten Feind. Traum und Bewußtsein sind nicht dazu geschaffen, in Frieden miteinander zu leben. War es nicht genau dieser Konflikt, den auch der reuige Gott der Juden zu spüren bekam? Die Schöpfung (also sein Bewußtsein) war die Feindin seines Traums, und er hat ihr alles offenbart! Jetzt verstehe ich die Wutanfälle und Reuegefühle dieses armen Gottes besser: Wenn ein Traum sich ausgehend von unaussprechlicher Liebe entfaltet, wird er unerträglich; unerträglich in seiner Weitschweifigkeit; weitschweifig stößt er ans Bewußtsein; und dieses weigert sich, uns auf das Gebiet verbotener Liebe zu führen, stößt uns in einen zu schweren Traum zurück, der mithin weitschweifig ist ... Das Dilemma wird zwangsläufig mit der Reue größer, und die Reue wächst mit der Wut; am Ende steht der Tod, welcher alles in seine Arme schließt: Wut, Reue, Bewußtsein, Traum und verbotene Liebe.

Ich hatte drei Jüdinnen und zwei Ägypterinnen in meine Gloriette eingeladen, damit sie mir halfen, diesen Traum zu entziffern, aber sie wollten mir nicht auf diese gewundenen Pfade der Abstraktion folgen. Die Träume der Götter gingen sie nichts an. Mein Traum war es, den sie zu untersuchen hatten. Diese Mannweiber schreckten vor komplexen Vorstellungen zurück und wollten sich »an die Fakten halten« (*sic!*).

Aber welche Fakten? Es waren nur Bilder in meinem Traum. Da erklärte mir die älteste der drei Jüdinnen, jedes geträumte Bild stünde für die Verdichtung einer Tatsache; sie verstummte einen langen Augenblick, dann sagte sie mir, daß ihrer Meinug nach das Bild der endlosen Gänge für die Qualen meines Lebens stand, ich schwankte nämlich zwischen meiner Bindung an Tyros, der beschützenden Liebe von Acherbas und dem Ausdruck meiner Wünsche, meiner Autonomie. Jene von den beiden Ägypterinnen, die am prachtvollsten tätowiert war, pflichtete ihr bei und fügte hinzu:

»Ihr habt den Tod Eures Onkels und Gatten Acherbas gewünscht! In Wirklichkeit habt Ihr ihn getötet. Erinnert Euch: Ihr seid in das Zimmer Eures Bruders gestürzt, um dort ein Leintuch zu suchen. Daß Ihr aber das Leintuch gesucht habt, zeigt: Ihr wußtet, daß er tot war.«

Eine andere Jüdin, jünger und aufgeweckter, verweilte bei dem Bild unseres Vaters Mattan und der Klageweiber, die ihn in meinem Traum jammernd umringten:

»Ihr wünscht Euch das Ende von Tyros. Und Euren eigenen Tod. Erinnert Euch: Die Priester erschienen Euch und heulten: »Das ist das Ende von Sidon und Gebal.« Euer Bruder trug die Krone. Er hielt sie nicht fest und sah aus wie der Tod. Diese Stadt hat Euch erstickt, Prinzessin, sie ist für Euch zum Abbild der Unterdrückung geworden, Ankündigung der Trauer.«

Ja, ich sagte, daß mein Traum farblos und die Figuren grau waren und sich flach aneinanderreihten, als wären sie nur Bilder ohne Tiefe, ohne Dichte. Als wollten sie voraussagen, daß alles bald entschwinden würde. Die Phönizier hatten also keine Legenden mehr; ich durfte mich nicht damit abfinden, sie zu überleben.

Eine Ägypterin sagte: »Pygmalion ist Euch nackt erschienen, einen Dolch in der Hand und umgeben von zwei fremden Soldaten. Als er zum ersten Mal erschien, lächelte er Euch noch zu; aber er war nicht König, sondern noch ein nackter, zarter Jüngling. Als er zum letzten Mal erschien, heulte auch er mit den anderen und vertrieb Euch aus dem Zimmer Eures Gatten. So hat Euch die Stadt mit ihren Gesetzen und Symbolen zurückgewiesen, und zwar in einem Augenblick, als Griechen und Assyrer sie belagerten ...«

Diese fünf Frauen blieben ruhig (beinahe meine Komplizinnen), sie verurteilten mich nicht. Sie lehrten mich mit Geduld und ohne falsche Geheimniskrämerei die wahre Syntax der Träume. Und trotz der harten Worte war ihr Ton freundschaftlich. Sie waren »brüderlich« (kann man das auch in weiblicher Form ausdrücken?).

Nichtsdestoweniger brach unter ihnen ein erster Streit aus: Sie hatten nicht mehr alle die gleiche Interpretation für meinen Traum. Die drei Jüdinnen versicherten, daß mich auch in diesem Traum noch ein königliches Bewußtsein erfüllte, denn Acherbas hatte sich, obwohl er tot war, vor mir aufgerichtet, als wollte er mich an die zwingende Notwendigkeit erinnern, meine Begierden zu verbergen.

Und in der Tat, ich gehorchte noch im Traum, nie hatte ich versucht, aus der Stadt auszubrechen oder die Ordnung zu stören, die sie sich gegeben hatte. Zwar kamen meine Begierden im Traum zum Ausdruck, aber auch hier durften sie auf keinen Fall offen ausgesprochen werden oder ihren Platz beanspruchen. Auch im Traum fesselten mich noch fürstliche Zwänge an die Stadt. Und ich wollte auf keinen Fall ihre Regeln verletzen.

Die Ägypterinnen schienen sich dagegen weniger um das Reich, die Stadt und ihre Gesetze zu kümmern. Ihr Augenmerk galt nicht mir als Prinzessin, sondern als jene Frau, die es gewagt hatte, an die Grenzen des verbotenen Landes zu gehen, bis an die Schranke zum Unaussprechlichen, um dort einen Traum und eine Liebkosung zu hinterlassen. Es gefiel mir gut, mit welchen Worten und Bildern sie meine Verfehlungen beschrieben, aber ihre Interpretationen konnte ich nicht teilen. Nein, ich wollte Tyros und seine Gesetze nicht verletzen, in diesem Punkt hatten die Jüdinnen recht; die Ägypterinnen nahmen nicht die Bilder, wie sie waren, sie verfälschten ihren Sinn.

Jetzt, wo Qart Hadasht errichtet und mein Name mit ihm verknüpft ist, während ich selbst bald nur noch eine Legende im Repertoire von Märchenerzählern sein werde, jetzt wird mir bewußt, daß ich nicht die Frau bin, die sich über die Gesetze einer Stadt hinwegsetzt. Ich weiß nicht, ist es meine königliche Herkunft, die in mir arbeitet und jede Idee von Auflehnung oder Revolte zunichte macht? Jedenfalls bin ich nicht die Frau, die sich vom Ruf der Natur fortreißen läßt. Ich kenne das fundamentale Paradoxon der Städte zu gut, als daß ich ihm zum Opfer fallen könnte. Ist es nicht dieses Paradoxon, was die Begierden beim Morgengrauen der Zivilisationen erstehen läßt und sie zu ihrer Abenddämmerung noch umtreibt? Ich wollte den Untergang von Tyros nicht beschleunigen, denn ich bin eine Frau der Stadt, eine Frau des Gesetzes, eine Frau des Vaterlands. Durch das Gesetz und durch die Stadt erhalte ich meinen Sinn. Andere Frauen werden kommen, die dem Fürsten und dem Reich ihren eigenen Imperativ entgegenstellen, ihre echte Begierde und die Dringlichkeit, ein Gesetz zu verkünden, das über dem der Menschen steht[29]. Schon im voraus habe ich an ihrer Zärtlichkeit, an ihrem Willen und an ihrem Opfer teil. Schon im voraus schlage ich mich auf ihre Seite, denn sie werden den Mut haben, etwas zu verwirklichen, was ich nicht einmal im Traum ausgesprochen hätte. Diese Frauen werden schön sein. Und sie werden stark sein, weil sie *subjektiv* sein können. Sie werden für sich selbst stehen können. Was mich angeht, so bin ich eine *objektive* Frau, eine Frau an sich. Eine Frau aus der Rippe des Mannes, welche die Juden eine *Männin*[30] nennen. Eine Frau, der nicht einmal der Gott unserer Vettern einen Namen zu geben geruhte.

Meine Gäste stritten sich noch über die Bedeutung des Kreismotivs, das unablässig in meinem Traum wiederkehrte. Für die Jüdinnen symbolisierte der Kreis die Vollendung einer Liebe, welche in der Irrfahrt ihre

Verklärung finden würde. Für die Ägypterinnen war er ein Zeichen für Inzest, Tod und das Ende einer Liebe, die immer wieder einen Anfang fand. Ich hörte ihnen nicht mehr zu. Langsam überließ ich sie ihren liebenswerten Auseinandersetzungen. Was sie sagten betraf mich nicht mehr; es war, als würden sie über eine Frau sprechen, die ich einst kannte, eine alte Freundin, die das Leben von mir entfernt hatte und von der ich nichts mehr wußte, außer, daß ein Traum sie quälte ... und als meine Jüdinnen und Ägypterinnen »sie« sagten und mich meinten, verstand ich das im buchstäblichen Sinn: Sie bezeichneten damit eine andere Frau; es ging hier um eine Protagonistin, die nicht ich war, in einer Geschichte, die nicht mehr die meine war.

Das Bewußtsein ist doch ein verspielter und hinterhältiger Meister; es nimmt den Sinn eines Traums an oder weist ihn ab, wie es ihm gefällt.

Da ich die Realität meines Traums nicht ablehnen konnte (ich habe es doch versucht, aber er kam immer wieder), hat mein Bewußtsein, dieser Intimfeind, sich an ihm zu schaffen gemacht und aus allen möglichen Bedeutungen jenen Sinn herausgesucht, der ihm am besten zu passen schien, das heißt, der noch die wenigsten Ausbrüche sündiger Begierden nach sich zu ziehen drohte. Auf diese Weise konnte alles (Träume inbegriffen!) mit der Würde einer Prinzessin vereinbar bleiben.

Aus wem sprechen die Schliche des Bewußtseins zu uns? Damals war es noch Tyros, das zu mir sprach. Es war ganz Phönizien, was mich so anherrschte und versuchte, mich wieder in die Jugendzeit zurückzuholen: »Es ist nichts ... nur ein Traum ... es kann nicht wahr sein, weil es nur ein Traum ist ...« Nur die Jüdinnen und Ägypterinnen waren bereit gewesen, meinen Traum zu entziffern; keine Phönizierin hatte den Mut gehabt, sich ihm auszusetzen, als hätten sie von vornherein schon gefürchtet, was die Seele einer Tyrierin enthüllen konnte. Und darin hatten sie nicht einmal unrecht: ich wußte selbst, daß dieser Traum sehr ernst war, weil wahr und wirklich. All dies war nicht nur wahrscheinlich, sondern wahrheitsgetreu, denn ich hatte es schließlich geträumt.

Phönizien, Tyros und mein königliches Bewußtsein mochten die Bedeutungen meines Traums noch so sehr filtern, sie konnten doch nicht verhindern, daß er da war, dicht, stichhaltig, schamlos, anziehend und autonom. Die Wolke der Begierden hüllte mich ein und trug mich zu fernen Ufern, wo Phönizien nicht mehr an seinem Platz war. Oh, es war nichts Physisches, diese Dinge sind über dem Fleischlichen angesiedelt. Tyros sollte ruhig in meinem Bewußtsein und meinem Körper herumschnüffeln; da war überall nur makellose Unschuld zu finden. Wenn es aber in meinen Träumen suchte, würden da schon einige Flecken sichtbar werden. Die physische und vernünftige Wirklichkeit der Dinge ist nur eine Dimension. Selbst wenn die Träume im Erwachsenenalter veschwinden, muß das nicht zwangsläufig heißen, daß man auch weiser geworden ist. Das mußte Tyros in seiner Zivilisiertheit empören. Mich empörte es nicht, als ich, ein natürliches, junges Mädchen, mich ohne große Scham diesen Spielen hingab, weil ich glaubte, sie würden folgenlos bleiben: Am Tag lernte ich in den Gärten des Palasts oder am Meer die Gesten der Männer auswendig, ihre Bilder und den Geruch ihrer Körper, und nachts sagte ich sie mir im Geheimen des Traums auf. Sobald es mir unter dem einen oder anderen Vorwand gelang, einen Mann zu berühren, hob ich mir dieses Erlebnis gut auf und versuchte, es in geheimnisvoller Stille wiederzubeleben.

Erinnerst du dich? Es war die Zeit, als man mich für eine Schlafwandlerin hielt (dabei spielte ich nur die Schlafwandlerin, damit ich nachts durch den Palast irren konnte). Und diese Spiele gingen so weiter, ganz in geträumte Perversion getaucht, aber mit wirklicher Unschuld, bis zu dem Tag, als mir, ohne daß ich es wußte, die Wahrheit dieser Überschreitungen so schwer und unerträglich schien, als hätte ich sie körperlich begangen. Oh, es war nichts passiert; nichts, nur daß mich das Bewußtsein des Verbotenen mit einem Schlag traf und meine Gesten und Spiele verfälschte. Bis dahin war es nur Unschuld (oder das Unbewußte?) gewesen, man konnte es mit einem Lächeln durchgehen lassen (dem Lächeln der Erwachsenen, wenn sie sehen, daß ein Mädchen verliebt ist), nur war in Phönizien der Ausdruck weiblicher Begierden streng verboten. Und ich war eine Prinzessin von Tyros. Bis dahin waren weder meine Gesten noch mein Verhalten an sich pervers gewesen, aber dazu kam es jetzt.

Und es war schrecklich! Es war, als lastete das Gewicht des Verbotenen schon auf mir, noch bevor es mir klar zu Bewußtsein gekommen war.

Kein Zwang, keine Drohung, keine Angst ließen in mir diese Abscheu aufkommen (immerhin waren meine Gesten nichts als Kindereien), aber kaum war ich in den Reigen des absoluten Verbots geraten, da nahm er mir alle Luft. Schon in meinen zarten Jungmädchengedanken gab es verbotene Liebschaften, ich hatte sie alle begangen! Ich hatte die absolute Regel verletzt, ich würde auf absolute Weise bestraft werden. Oh nein, nicht mit dem Tode, er war zu klein für einen so weiträumigen Verstoß. Er schien mir eine zu leichte Bestrafung für einen so schweren Frevel. Nein, die Irrfahrt, Entwurzelung, Flucht ohne Ende. Und genau in diesem Moment (oder in diesen Tagen, ich weiß jetzt nicht mehr, ob es einen bestimmten Moment überhaupt gab), beschloß ich, aus Tyros und Phönizien zu fliehen. Schon sehr früh schien mir also der Plan einer Irrfahrt unumgänglich, als eine Bestrafung, die ich mir selbst auferlegte. Vater lebte damals noch, mir waren der Thron und die Herrschaft über Tyros versprochen, und du warst nur ein junger Mann mit dem einzigen Ehrgeiz, der Bruder der Königin zu sein.

Mein armer Pygmalion, deine Eitelkeit wird sehr darunter leiden, daß du nicht der Grund für meine Irrfahrt warst. Das schreibe ich dir heute, und ich gebe dir meine persönliche Versicherung, damit deine Schreiber und Chronisten über meine Flucht nicht lügen und falsche Gründe für sie angeben. Wenn man um jeden Preis ein *primum mobile* für die Gründung von Qart Hadasht finden muß (sie war nichts als ein Zufall, den wir den Strapazen der Irrfahrt verdanken...), so kann man es nur hierin finden und sonst nirgendwo. Es waren nicht deine Drohungen, die mir meine Flucht diktiert haben. Auch nicht die Angst, ermordet zu werden, hat mich von ihrer Dringlichkeit überzeugt. Ich bin aus Tyros geflohen, um mich dafür zu strafen, daß ich die Gesetze von Tyros verletzt habe. Ich verließ Phönizien, weil ich fürchtete, seine Verbote nicht mehr achten zu können (denn ich hatte es gewagt, sie in meinem Traum zu verletzen ...). Mein königliches Bewußtsein ist zu stark, als daß ich mir einen trickreichen Umgang mit dem erlauben könnte, was das Wesen, das Fundament einer Nation ausmacht. Wie ich schon sagte, Pygmalion, ich bin keine subjektive Frau, damit will ich sagen, daß ich nichts wirklich Intimes habe; für diesen schützenden Mantel bin ich zu archaisch. Und wenn ich auch als Frau in der Öffentlichkeit stehe, so bin ich doch kein mühelos zu identifizierendes Individuum. Sicher, ich habe einen Körper, einen Blick, manches Gefühl und eine Vielzahl von Träumen, aber ich kann in diesem Durcheinander nicht genau unterscheiden, was davon die Ablagerungen mehrerer Jahrhunderte phönizischer Geschichte und der Beitrag meiner eigenen Empfindungen sind. Ich bin noch nicht ... oder, um genau zu sein, ich existiere, ohne wirklich zu sein. Sogar mein baldiger Tod, sogar dieser Scheiterhaufen, den ich errichten ließ, gehört nicht mir, kann niemals »ich« sein ...

Meine Flucht? Ich verdanke sie der Angst vor der Explosion einer Nation unter dem Einfluß von Begierden, die nicht Begierden der Gemeinschaft sind. Meine Irrfahrt? Ich verdanke sie selbstauferlegter Bestrafung. Mein Tod? Ich verdanke ihn Qart Hadasht. Mir selbst verdanke ich nichts. Und ich habe vor keiner Zukunft Rechenschaft abzulegen, außer vielleicht vor der Zukunft dieser Stadt.

»Welch eigenartiges Schicksal hat Qart Hadasht«, werden bald die Chronisten sagen, »wurde diese Stadt doch errichtet, um von der selbstauferlegten Buße einer Prinzessin zu zeugen, für ein Verbrechen, das sie niemals beging ...« Und sie werden andere Geschichten erfinden, andere Motive anfertigen, weil sie nach einem Schicksal suchen. Aber die Dinge sind niemals so einfach und klar wie in den Büchern der Chronisten. Die Geschichte (also diese Milliarden alltäglicher Ezählungen, aus denen sie planlos zusammengesetzt ist) schert sich nicht um die Geschichten der Schreiberlinge und Beamten. Meine Geschichte geht vollkommen auf in meiner Verehrung für die Gemeinschaft und der Gründung von Qart Hadasht.

Aber es wird allein der Name der Stadt bleiben. Keiner wird sich an die Irrfahrt von Elissa erinnern, und schon gar nicht an ihre wirklichen Motive. Da ich es nicht zuließ, daß man dieser Stadt meinen Namen gab (und Gott weiß, wie viele meiner Gefährten das wünschten!), ist es meine eigene Schuld, wenn der Name Elissa langsam aus der Erinnerung verschwinden wird. Es werden sich sogar Dichter finden, die ihn entstellen, um ihm einen lächerlichen Klang zu geben[31]. Weise Männer werden kommen, die meine Existenz anzweifeln, lange Zeit wird das für sie ein strittiges Thema sein. Und wenn einer aus Versehen oder Barmherzigkeit meinen Namen in den Mund nimmt, dann nicht ohne einen Zusatz: »unglückliche Elissa«, so wird man mich gerne nennen. Aber warum soll ich denn unglücklich sein? Keiner wird es so genau sagen können. Die Geschichtenerfinder werden vorgeben, daß mein Unglück von dir kommt, von deiner Habgier, deinen Verbrechen. Sie werden sagen, daß ich aus Tyros geflohen bin, weil du mich mit Mord bedroht hast. Andere werden versichern, daß ich den Griechen und Assyrern entkommen wollte, die mit ihrem Kriegslärm Phönizien jeden Tag stärker erzittern ließen ... Und diese traurigen Märchen werden an die Stelle unserer Legenden treten.

Eine Königin, die den Mut hat, dem Meer zu trotzen und eine Stadt zu gründen, hat doch keine Angst vor dem Tod! Bin ich denn nicht schon in jener Nacht gestorben, als ich diesen schamlosen Traum hatte, mit dem ich die Ermordung meines Gatten, des Wächters des Tempels, billigte (weil ich sie wünschte)? Bin ich denn nicht schon am Tag meiner Flucht aus Tyros verschieden? Und dieses Feuer, das ich nun wie eine Erlösung erwarte, machte es mir denn weniger Angst als deine kindlichen Drohungen?

Wer wollte mich ein zweites Mal töten? Die Beamten werden meine Geschichte nach deinen Befehlen schreiben, sie werden sich Märchen ausdenken, die dir noch zuviel der Ehre zukommen lassen, und ich werde nicht mehr da sein, um alles zu dementieren. Aber leider werden ihre Lügengeschichten mit dem Wunsch der Bewohner von Qart Hadasht einhergehen, daß ihnen nicht für immer der Makel einer Buße anhaftet ...

Und so werde ich ein zweites Mal sterben.

Der Traum bestätigte mir, wie ernst meine Jungmädchenspiele waren; die fünf Mannweiber bestätigten mir, daß dieser Traum wahr war, und als ich sie fragte: »Muß ich denn fortgehen ... muß ich Tyros verlassen?« antworteten alle, daß ich allerdings fortgehen mußte, weil ich schon vor vielen Jahren beschlossen hatte zu fliehen.

Und nun war Mattan tot, und du hattest Acherbas ermordet. Außerdem versuchtest du, das Reich gegen mich aufzuhetzen, um in den Besitz der Krone zu kommen. Deine Komplotte und deine Agitation konnten zwar die Regierung der Stadt nicht lähmen, aber sie waren eine Belastung. Du eiltest von Tyros nach Sidon und von Sidon nach Gebal, um Komplizen zu werben, Hochverrat anzustiften, die Wut einiger Priester und Kaufleute auszunutzen (es gibt in jedem Königreich auch kleine Geister). Ich verfolgte damals deine Geschäftigkeit mit einer Spur Ironie und ein wenig Neugier. Ich schrieb sie deinem Ungestüm eines jungen Prinzen zu. Einige Senatoren und Soldaten rieten mir damals, dich zu irgendeiner Mission auf eine lange Reise zu schicken, damit du nichts mehr anstellen konntest. Manche sprachen sogar von Gefängnis oder Hinrichtung, denn es hieß, du seist mit unseren assyrischen und griechischen Feinden im Bunde. Aber ich wollte nicht reagieren, du hast es gewußt. Ich wollte nicht, daß Mitglieder aus dem Hause Ithoba'al sich gegenseitig auflauerten. Im Gegenteil, ich wollte dich versöhnen, wollte mit dir Palast, Krone und Königreich teilen. Ja, daran habe ich gedacht. Die Idee einer Doppelregierung zog mich an, ich fand sie reizvoll. Aber da war dieser Traum, der unablässig wiederkam. Da waren die Schreie von Acherbas, die Verwirrung in meine Nächte und meinen Schlaf brachten. Da war der Ältestenrat, der nicht einmal zuließ, daß man dir die halbe Krone auf den Kopf setzte. Da waren deine Dummheiten eines Prätendenten, der es nicht erwarten konnte. Und vor allem war da mein Entschluß zu fliehen, den ich schon vor langer Zeit gefaßt hatte.

Du wirst nicht bestreiten, daß ich in den letzten beiden Jahren meiner Regierung nicht sehr an der Krone hing. Hast du sie nicht geradezu kampflos erobert? Ohne es zu wissen oder gar zu wollen, tat ich alles, um sie mir selbst zu nehmen. Damals bemerkte niemand, mit welchem Desinteresse und welcher Lustlosigkeit ich sie gegen deine Komplotte schützte (also nicht schützte!): Als man mir sagte, daß du in Sidon bist und man dir dort Soldaten geliehen hat, gab ich mir alle Mühe, den Informanten zu beruhigen und den Senat geduldig zu stimmen. Wenn mir jemand mitteilte, du hättest versucht, die Assyrer und Juden als Verbündete zu gewinnen, um mich mit Hilfe ihrer Streitwagen in Tyros zu stürzen, lächelte ich wie über einen Kinderscherz. Wenn ein Soldat mich wissen ließ, daß du bei unseren griechischen Feinden warst, dann wollte ich den Verdacht ausräumen, daß das ein schlechter Umgang für dich sei. Als sich ein Kaufmann bei mir beklagte, daß man eines seiner Schiffe gekapert hatte, und dich beschuldigte, sicherte ich ihm lachend eine Entschädigung zu.

Mein Gott, wie viele Dummheiten hast du begangen, wie schlecht kanntest du die Verhältnisse in Tyros! Wie konntest du bei Griechen, Assyrern und Juden Hilfe suchen, ohne zu fürchten, daß sie dich eines Tages in der Hand haben würden? Wie konntest du auf die Idee kommen, mit den Streitwagen der schlimmsten Feinde nach Tyros zurückzukehren? Wie konntest du es wagen, Kaufleute gegen dich aufzubringen, obwohl du doch wissen mußtest, daß man ohne ihre Unterstützung nichts zustandebringt? So machte deine Machtgier dich unfähig, überhaupt Macht auszuüben. Dennoch habe ich mein Bestes getan (ohne es wirklich zu wissen), um dir den Weg zum Thron zu ebnen. Welchen Leichtsinn zeigte ich gegenüber deinen Umtrieben! Als ich dich in Tyros an der Spitze einer Bande von Strolchen wußte, ging ich nach Gebal, als wollte ich dir meinen Platz räumen. Bald nahm man dich und deine lustigen Kumpane wegen irgendeiner nächtlichen Ruhestörung fest ... Als ich dich in Sidon wußte, ging ich ohne Eskorte dorthin und benahm mich unmöglich, um aufzufallen ... Ich hörte, daß ein Angriff auf den Palast drohte, da veranstaltete ich ein Fest und beurlaubte die Wachen ... Kurz, ich ging sogar so weit, deine Absichten in Zweifel zu ziehen. Ich sagte allen, die sich über dich beklagten, »Pygmalion und die Macht? Seht, er will sie doch gar nicht, er tut ja nichts, um sie sich zu holen!«

Das war richtig, damals hast du nicht das Nötige getan. Lieber König, du wußtest nicht (weißt du es denn heute?), daß es das Leichteste von der Welt ist, auf einen Thron zu kommen, den es schon gibt. Eine Krone an sich zu reißen, die ein anderer geflochten hat, ist ein Kinderspiel: Es genügt, daß ein paar Leute verärgert sind, dazu drei oder vier Streitwagen, einen oder zwei gute Ausrufer und einen ausgesprochenen Sinn fürs Abenteuer. Die Insignien der Macht und ihre Zentren (Palast, Senat, Tempel) in die Hand zu bekommen, ist für jeden hergelaufenen Soldaten erreichbar, aber diese äußerlichen Zeichen der Macht sind genausowenig die Macht selbst, wie die äußerlichen Zeichen des Reichtums diesen wirklich ausmachen. Sich diese Zeichen zu unterwerfen, ist ganz leicht. Das Geheimnis und die geniale Leistung echter Machtmenschen besteht darin, eine Macht aufzubauen und zu bewahren und zusätzlich noch einen Staat zu errichten, der ein Wunderwerk ist.

Ich habe dir von den Possen unseres Vetters Abdel Melqart erzählt, sie ließen mich an deine Possen denken … Er hatte sich in der Perspektive geirrt, befand sich auf der Baustelle eines Staates und dachte, sie sei der Staat selbst; das kam ihn teuer zu stehen, es genügten nämlich ein paar Arbeiter, und schon waren seine Illusionen dahin … Du aber hast versucht, mit den falschen Zutaten eine Verschwörung anzurühren: Überall posauntest du herum, das allgemeine Elend in meinem Königreich sei unerträglich, man müsse endlich mit dieser Elissa Schluß machen, denn offenbar könnte sie nicht rechnen, sonst würde sie die Schätze von Tyros nicht so verschleudern (für den neuen Palast, die Renovierung des Tempels, den Ankauf von ein paar assyrischen Basreliefs …). Naiv wie du warst, hast du geglaubt, daß aus dem Elend Revolten entspringen könnten. Oh nein, Prinz, aus dem Elend kann nur neues Elend und Resignation geboren werden. Leere Bäuche revoltieren nicht, erst müssen sie etwas zu essen haben, dann sucht ihr gestärkter Wille die Möglichkeit einer Änderung. Es ist nicht die Unwissenheit, welche zu Revolutionen führt (denn naturgemäß weiß sie nichts von Revolution), es ist das beginnende Wissen und die Begierde, noch mehr und noch Genaueres zu wissen, was zu Brüchen führt.

Wie konntest du so grundlegende Dinge übersehen?

Dann, und das war ein Zeichen für deine Unfähigkeit, Menschen zu führen, hast du nicht gewußt, daß viele Empörungen gegen einen Fürsten nicht ausreichen, um ihm die Macht zu nehmen. Nicht die Anzahl der Revolten stürzt einen König, sondern ihre Verknüpfung. Solange man nur dem Toben freien Lauf läßt und die jeweiligen Kräfte nicht miteinander in Verbindung stehen, kann der Fürst ruhig schlafen. Wenn der Augenblick gekommen ist, wird er sie in aller Ruhe gegeneinander kehren, eine gegen die andere ausspielen, damit sie ihn nicht gemeinsam bekämpfen (deine persischen Freunde hätten dir das sagen sollen ...). Es ist die Verschmelzung von Revolten, die die Dinge verändert, und nicht ihre Anhäufung.

Aber auch das genügt noch nicht, es muß nämlich noch die Regierungsunfähigkeit des Fürsten hinzukommen. Solange er den Staat fest in der Hand hat, nützt auch ein gemeinsames Vorgehen nichts, denn alles wird schließlich mit Gewalt niedergeschlagen. Erst wenn der Fürst den Staat nicht mehr unter Kontrolle hat und sein bewaffneter Arm ihn nicht mehr stützen will, wird in seiner Erstarrung auch eine Schwäche sichtbar, und die erstbeste Empörung kann ihn stürzen. Das hast du offenbar nicht gewußt, als du überall herumposauntest, daß Elissa die Tyrier hungern läßt, daß eine Frau auf dem Thron eben nicht mit Geld umgehen kann, weil sie ihre Verschwendungssucht nicht unter Kontrolle hat ... Mit deinen Reden allein ist es dir nicht gelungen, eine Verbindung zwischen den Empörungen zu schaffen; sie kamen nicht so weit, die Kakophonie der Veränderungswünsche in einen zusammenhängenden und vernehmlichen Chor zu verwandeln. In Wirklichkeit schenktest du als einziger deinen Warnungen Gehör und wolltest eine Revolte entdecken, während deine Gesprächspartner weder ihre Notwendigkeit noch ihr unmittelbares Bevorstehen einsahen. Sie wünschten keine Veränderung, wenn sie nur darin bestand, einen Prinzen an die Stelle der Prinzessin zu setzen. Allerdings hat, wie gesagt, mein Desinteresse dir geholfen, ein Komplott zu schmieden, das du dann nicht erfolgreich zu Ende gebracht hast.

Das war die Zeit, als ich den Palast von Tyros immer mehr aufgab, um mich nach Gebal in meine Gloriette zurückzuziehen, wo ich meine Flucht vorbereiten und mir Gedanken über die bevorstehende Irrfahrt machen konnte. Der kleine Hügel von Gebal mit seinen Zypressen und Zedern schien mir für große Pläne schon immer günstiger als Tyros und seine dummen Gerüchte. Dort dichtete man mir viele abwegige Gedanken und Reden an, während in Gebal keiner meine Ruhe störte, den Anschein von Trauer, mit dem ich mich gerne umgab.

Eines Tages kam ein Kaufmann, der mich günstig stimmen wollte, und zeigte mir ein assyrisches Basrelief. Es war eine primitive Skulptur, hervorragend in ihrer demütigen Schlichtheit. Die Arbeit war schön wie das Werk eines Kindes, ungelenk wie das eines Geisteskranken, naiv wie das eines Analphabeten. Der Künstler hatte einen Kreis in den Stein geschnitten, einen schlichten Kreis, und gab ihm den Titel *der Tod als Gehender*[32]. Obwohl dieser Titel befremdlich war, hat mich die Skulptur nicht beunruhigt. Trotz ihrer Einzigartigkeit kam sie mir sogleich vertraut vor, sie kam dem nahe, was ich selbst gezeichnet hätte. Der Tod war also gleichzeitig ein Gang und ein Gehender, beides verschmolz in dieser ewigen Kreisbewegung. Ich habe diese schlichte Vorstellung schmerzhafter Selbstverständlichkeit liebgewonnen. Es gibt also keinen Anfang, keine Mitte und kein Ende, da ist nur ein Gehender, ein Gang ohne Ziel ... nur ein Kind, ein Geisteskranker oder ein Primitiver konnten auf diese direkte Weise zum Wesen der Dinge vorstoßen. Ich wollte etwas über den Bildhauer wissen, aber der Kaufmann kannte ihn nicht. *Der Tod als Gehender* war also ein anonymes Werk. Dennoch konnte es nicht von einem Phönizier stammen; unsere Leute hatten sich nämlich die Existenz mit eitlen Gedanken verstellt und darüber das Wesentliche aus den Augen verloren. Ihre Kultur ist nichts als eine grimassierende Maske, sie hat alles verfälscht und verzerrt. Aber die Persönlichkeit des Künstlers ist unwichtig, solange wir sein Werk haben und uns immer wieder vor die Fragen stellen können, die es in uns hervorruft.

Ich verbrachte einige Tage mit dieser Skulptur. Ich betrachtete sie, sie sprach zu mir. Über sie vergaß ich das Meer und die Zedern, Tyros und seine Sorgen. Ich dachte nicht mehr an meinen Fluchtplan. Aber der Gehende der Skulptur forderte mich auf, zu gehen, er zog mich in seinen magischen Kreis. Natürlich konnte ich mich nicht mehr aus ihm befreien, sobald ich mich hineinbegeben hatte, und so versank ich in ihm. Von da an hatte die Flucht eine konkrete Dimension angenommen, war licht und selbstverständlich geworden. Sie war nicht mehr nur ein verschwommener Plan, den ein junges Mädchen träumte, jetzt war sie notwendig, von einer absoluten Dringlichkeit. Am Ende stand der Tod? Sicherlich, aber das war kein Kunstwerk mehr, es wurde mein Gefährte, mein Schicksal.

Vor dieser Skulptur fiel es mir wie Schuppen von den Augen, ich beschloß, sie nicht weiter passiv zu betrachten, sondern in ihre Schlichtheit einzutreten und ihre Prämissen anzunehmen. Dieses Basrelief zeigte mir mit einem Bild, was mein Schicksal sein konnte, es war an mir, es zu verkörpern. Aber ich mußte die richtige Methode, den richtigen Stil finden. Weil du es nicht lassen konntest, mir beides in die Hand zu geben, den Thron zu umschwirren schienst wie die Biene eine fleischfressende Pflanze, war ich entschlossen, dir das Legato für dieses Gewimmel an Empörungen in die Hand zu geben, denn du warst ja unfähig, daraus einen Gesang *a capella* zu machen. Obwohl ich wußte, daß meine jüdischen und ägyptischen Ratgeberinnen eine lockere Zunge hatten, machte ich keine Anstalten, ihnen zu verbieten, daß sie die Geschichte von meinem Traum weitertrugen, auch nicht, daß sie ihn je nach Phantasie ausschmückten. Stillschweigend habe ich ihnen erlaubt, neuen Klatsch über Elissa und ihre unerträglichen Begierden zu destillieren. Ich ließ es geschehen, daß ein Mantel wahnwitziger Gerüchte Tyros langsam einhüllte: »Eine nichtswürdige Königin ... ihren Gatten ließ sie ermorden aus Liebe zu ihrem eigenen Bruder ... der hat sich aus dem Palast vor den Anfällen seiner Schwester in Sicherheit gebracht ...« Und so wurde der Traum in den Erzählungen dieser Megären langsam immer mehr zur Wahrheit, er wurde Wirklichkeit, ein Gemeinplatz, etwas, das alle kannten. Ein Gerücht im Rausch seines eigenen Rufs! Wie du weißt, entfaltet sich bei uns ein Gerücht am besten, wenn es der Palast erläßt und organisiert. Es gibt nämlich eine Hierarchie unter den Gerüchten, je näher sie dem Zentrum der Macht sind, desto glaubhafter erscheinen sie.

Die jüdischen und ägyptischen Sterndeuterinnen, die Bonzen des Königreichs, die Kaufleute und die einfachen Schwätzer haben also mehr getan, um dich auf den Thron zu bringen, als alle deine Reden und alle deine Soldaten zusammen. Man mußte nur präzise und nicht zu hoch zielen! Solange du die Tyrier auf Grund ihres Elends und ihrer Enttäuschungen zu mobilisieren versuchtest, ging der Schlag daneben, keiner hörte dir zu, und du hattest keine Chance, die vereinzelten Empörungen in einen allgemeinen Unwillen gegen mich umzuwandeln. Aber als man die Laster des Fürsten »enthüllt« hatte, als man gezeigt hatte, daß eine nichtswürdige Königin regierte, da war alles anders. Das Elend, die Demütigungen und Empörungen bekamen plötzlich einen Sinn, denn man hatte scheinbar eine Ursache, eine Erklärung für sie gefunden: Der Fürst war schuld! Die Sünde der Königin! Mit Reden und Versprechungen mobilisiert man keine Aufrührer; man muß ihnen einen Schuldigen vorführen, man muß ihnen einen Sünder vorführen, man muß ihnen begreiflich machen, welcher Verstoß begangen wurde und daß dieser genau ihre Empörung verursacht hat.

Nun konnten sie unwillig werden, und nun waren sie im Begriff, auch zu wissen, warum sie unwillig wurden, sie hatten ein Motiv für ihre Wut bekommen. Und je häufiger man ihnen dieses vorgebliche Motiv einer Ungerechtigkeit vor Augen führte, desto heftiger und umfassender mußte ihre Revolte werden (denn um so leichter fiel es ihnen, sie für gerecht zu halten). Volksmengen haben keine Phantasie, man macht sich selbst etwas vor, wenn man ihnen mit Ideen und Herleitungen kommt, weil sie mit Abstraktionen nichts anfangen können. Sie wollen Ursachen und keine Argumente. Sie dürsten nach Bildern und nicht nach Doktrinen. Du warst also auf deine Weise ein Mann des Gedankens, der Spitzfindigkeiten, des Genörgels. Du wolltest um jeden Preis erklären und überzeugen, dabei hätte allein das Bild eines unerträglichen Lasters ausgereicht, um Tyros gegen mich aufzubringen. Und welche unverzeihliche Sünde, welchen unübertrefflichen Verstoß könnte man sich besser ausdenken als eine unbeherrschte weibliche Begierde? Nicht das Versäumnis einer hergelaufenen Schlampe! Königlicher Ehebruch! Inzest im Palast! Ebenso abstoßend wie wollüstig, ebenso grandios wie vielsagend! Keiner von diesen anonymen Ausbrüchen des Fleisches, sondern ein Verbrechen des Herrschenden gegen die Gemeinschaft, ein Wortbruch, den die Autorität selbst begangen hatte! Ein Delikt der Erstgeborenen gegen die Nachkommenschaft, eine offen zur Schau gestellte Sünde, die eine offene Revolte rechtfertigte!

Du hattest viele Ideen, aber dir fehlte die Überzeugung. Du verfügtest über eine Vielzahl an Argumenten, aber dir fehlte ein Bild. Das ließ ich dir zukommen, deine Sache war es nun, es in deinem Sinn zu manipulieren und ihm genau soviel an Tiefe zu geben, daß die Tyrier sich nicht von allen Ithoba'al abwandten (du warst nämlich auf dem besten Weg, das zu erreichen!), sondern allein von mir. Weshalb dieser Aufwand an Schlichen mit so schwerwiegenden Folgen? Weshalb diese verschlungenen Wege mit unsicherem Ende? Hätte ich nicht einfach meine Sachen packen und diskret verschwinden sollen, sobald Krone und Schlüssel des Königreiches für dich hinterlegt waren? Hätte ich nicht einfach abtreten und dir die ungeteilte Herrschaft überlassen können? Ich hatte ja kein Kind, und mein Gatte war tot.

Nein! Wenn ich mir die Buße selbst auferlegte, dann sollte es ohne Wenn und Aber, ohne Kompromisse geschehen. Wenn ich auf der Flucht vor dir Tyros verließ, dann wollte ich es nicht engstirnig und anonym, sondern ohne Reue tun. Mein schamloser Traum hatte die Nation als Ganzes verletzt, es war an Tyros, mich zu verbannen, zur Irrfahrt zu verurteilen. Ich wünschte kein Gespräch mit dir unter vier Augen; ich wollte keinen Dialog über die Zukunft der Krone (Dialoge riechen nach Kompromiß ...). Es war nicht meine Absicht, daß mein Traum unter uns blieb wie eine Familienangelegenheit ohne größere Bedeutung, die man in der Hoffnung geheimhält, daß mit der Zeit die Wunden vernarben und die verfeindeten Brüder wieder zueinander finden. Hier ging es auch nicht um einen Verstoß innerhalb der Familie, die ganze Stadt war davon betroffen. Tyros wußte von deinem Verbrechen gegen Acherbas, jetzt sollte es meine Lüsternheit, meine Begierden vorgesetzt bekommen! Auf daß die Griechen und Assyrer unsere Laster herausstellten und mit Blut und Feuer unser Andenken reinigten.

Ein zweiter Aspekt dieser (wahnwitzigen?) Entscheidung war noch persönlicher: Ich brauchte einen gewaltigen Grund für meine Flucht. Ein tiefgreifender Bruch war also notwendig, damit ich alle Brücken abbrechen konnte. Entschlossen in den Kreis eintreten, den mir das assyrische Basrelief zuwies, durch Irrfahrt und Tod zu jener Subjektivität gelangen, die Phönizien mir verweigerte, und in der Einsamkeit des Gehenden die Freiheit neu erschaffen, welche unsere Zivilisiertheit vernichtet hatte. Ein einfacher Staatsstreich hätte nicht ausgereicht, um dieses Schicksal zu rechtfertigen. Er hätte sofort meine Irrfahrt in eine persönliche Tragödie verwandelt, eine, wie sie auf den Fürsten – jeden Fürsten – eines Tages wartet. Eine Tragödie hätte aber Mitleid, Identifikation oder Bewunderung erregt, nichts von all dem wollte ich haben. Ich wünschte, daß sich ein Drama ereignete, kollektives Handeln, in dem sich die Emotionen rückhaltlos auslebten, die Gefühle maßlos darstellten und die Menschen dazu zwangen, eine Wahl zu treffen und zu bestimmen, wo sie standen. Ich wollte Flucht und Irrfahrt als die Umkehrung meines nächtlichen Traums erleben: bei hellichtem Tage, vom Publikum umringt, inmitten der Magma der Gerüchte.

Wie im Theater.

Mit der Inszenierung war ich nicht unzufrieden. Der Skandal schien gelungen (während dein geplanter Staatsstreich noch auf sich warten ließ ...). Tyros schien unter der Last einer imaginären Sünde zusammenzubrechen. Ganz Phönizien wurde bei solcher Lasterhaftigkeit unwillig. Natürlich kümmerte es keinen, ob das alles überhaupt wirklich war. Das wäre auch zu viel verlangt von einer schwelenden Revolte, die nur auf einen Funken wartet, um sich zum Flächenbrand auszubreiten. Tyros, die Perle des Mittelmeers, zerplatzte und hinterließ einen Gestank nach

Fäulnis und Weltende. Du hast deine Herrschaft unter schlechten Vorzeichen angetreten! Ich dagegen verließ das sinkende Schiff. Ich ging fort, um »in einer Wüste nach Tyriern zu suchen«, wie mir das Orakel geweissagt hatte.

Aber ich ging nicht allein. Das Gerücht hatte seine Arbeit so perfekt getan, daß viele Senatoren, Priester und Soldaten es für eine allzu gut ausgetüftelte Lüge hielten. Sie beschlossen, sich mir anzuschließen. Jeder hatte gute Gründe, sein Leben oder das seiner Angehörigen in Sicherheit zu bringen, jeder wußte, daß man dir keinen großen Respekt entgegenbrachte und du somit in aller Eile dafür sorgen würdest, daß man dich fürchtet. Morde schienen dir das sicherste Mittel, um eine Auseinandersetzung zu beenden und mit Widerstand fertigzuwerden. Welche Familie konnte von sich behaupten, sie hätte deine Hinterlist noch nicht zu spüren bekommen? Nicht einmal deine eigene! Vom Palast bis zum Hafen hatte sich eine Kapuze des Todes über Tyros gesenkt, und vor seinen Toren scharrten die Feinde vor Begeisterung und Ungeduld mit den Hufen. Von Fürsten deiner Art sagt man, sie »schaffen Leere um sich«; was für ein falsches Bild! Fürst, Ihr erfüllt das Königreich mit Haß, Verbitterung und Groll, in Euren Gefängnissen drängen sich Witwen, Waisen, zukünftige Rebellen …

Ich war nicht die einzige, die flüchtete. Aber die Irrfahrt war ein ernster Plan, Improvisation war also nicht geboten. Ich wollte mir für die Vorbereitung noch etwas Zeit nehmen (damals fand auch die Episode mit der chinesischen Astrologie statt ...). Du hingegen schienst zu zögern, welcher Weg einzuschlagen war; du warst dir deiner Herrschaft noch nicht sicher. Plötzlich ließest du mir Botschaften zukommen, daß ich doch zurückkehren sollte, um mit dir zusammen zu regieren. Als hättest du auf einmal gespürt, wie schwer das Gewicht einer Krone sein kann. Oder war es die Einsamkeit des Palasts, die dich erschreckte? Oder kamen Erinnerungen an die Schreie von Acherbas in dir hoch? Oder war es eine verspätete Liebe zu mir als Schwester, wo du mich bisher nur als Königin und Rivalin gesehen hattest? Waren es die Drohungen unserer Feinde? Es ist nicht wichtig. Schon war ich es müde, zu sehen, wie deine Boten im Vorzimmer auf eine Antwort warteten. Aber trotz ihrer Ungeduld und obwohl auch meine Gefährten sich von der Versöhnungsidee nicht abbringen ließen, wollte ich mich noch nicht entschließen. Einerseits war da mein prophetischer Traum und das auf gekonnte Weise destillierte Gerücht über meinen Inzest. Einerseits gab es deinen Verrat und deine Habgier. Aber da waren auch Tyros und seine Feinde, die sich vor den Toren sammelten: Griechen, Assyrer und Ägypter, sie alle warteten nur auf ein Zeichen, um einzufallen und alles niederzumachen. Und außerdem war da auch noch das Andenken Mattans und des Hauses Ithoba'al, es mußte vor solchen Wirren bewahrt werden. Wer außer Acherbas konnte denn unsere Versöhnung bewerkstelligen? Aber du hattest ihn ermordet. Du hattest den alleinigen Wächter des

Tempels aus dem Weg geräumt, den einzigen, der unsere Liebe zu Tyros wieder wecken konnte. So hast du nicht nur meinen Gatten erwürgt (leider ist es nicht diese Art von Verbrechen, nach der Fürsten beurteilt werden ...), du hast auch das Gebäude des Staates erschüttert, denn du hattest es auf Glaube und Ordnung abgesehen. Ein Regierender sollte sich aber hüten, an beide Pfeiler gleichzeitig zu rühren. Im Augenblick existiert bei dir weder das eine noch das andere. Von allen Verbrechen war dieses wahrscheinlich dein kolossalstes, von allen Irrtümern war dieser dein schlimmster.

Du hattest deinen Staat nicht mehr vor Augen, denn er befand sich nicht mehr in Tyros. Er war hier in Gebal, in meiner Gloriette. In meinem Vorzimmer saß das Material, woraus man Fürsten, Armeen, Kaufleute, Priester, Getreue, Steuerzahler und Bürger machen konnte. Und dieser Miniaturstaat sah doch aus wie eine Nation, denn er gründete sich auf die magischen Bande von Geschichte, Groll und einem gemeinsamen Feind. Es lag an mir, ob ich sie nach Tyros gegen dich in Marsch setzen wollte. Ein Wort von mir hätte genügt, allerdings fehlten mir der Wunsch und die Überzeugung, in Phönizien zu bleiben. Wie ich schon sagte, glaubte ich nicht mehr an Tyros, weder an seine Zukunft noch an seinen Glanz. Ich war eine Frau geworden, die sich dem Laster öffnete.

Deinen Boten machte ich falsche Versprechungen; sie glaubten mir aufs Wort (das Wort einer Königin!).

Mit verträumtem Blick begaben sie sich zu ihren Schiffen. Meine Gefährten verloren darüber ihre Ungeduld, manche nahmen mich sogar beim Wort und freuten sich auf ihre Rückkehr nach Tyros ... Ich wußte von meinen Jüdinnen und Ägypterinnen, daß du es nicht wagen würdest, mich verfolgen zu lassen, weil das Orakel dir ein solches Vorgehen verboten hatte. Ich beschloß also, die letzten Tage in Gebal zu verbringen, den *Tod als Gehenden* zu betrachten und mich an seiner demütigen Schlichtheit zu ergötzen. Zum ersten Mal machte mir der Tod keine Angst mehr, er war mein Bruder geworden.

Ich las noch einmal in meinem Traum: Er wühlte mich nicht mehr auf. Gewisse Bilder fand ich sogar anmutig und schön. Obwohl Tiefe und Farben fehlten, kam er mir lebendiger und intensiver vor als eine Szene der Wirklichkeit. Ich hatte ihn endlich gezähmt und angenommen, ich hatte mich ihm angepaßt. Dieser Traum war zu mir selbst geworden, er war nun Erinnerung und nicht mehr Traum.

Meine letzten Stunden in Phönizien verflossen ohne Aufregung und ohne Traurigkeit. Die jüdischen und ägyptischen Megären nahmen sogar Anstoß an meiner Leichtherzigkeit und meinen Späßen. Als man dann ging, um Ruderer anzuheuern, Lebensmittel zu suchen und die Schiffe zu beladen, machte ich mich schön wie für ein Stelldichein. Ich schmückte mich, probierte verschiedene Parfüms aus, wägte meinen Schmuck und störte unablässig die Priester mit meinen Fragen. Ob der Gott der jüdischen Schriften farbig und mit Tiefe träumte oder ob er einen farblosen Traum gesehen habe, in dem die Figuren flach und ohne echten Körper schienen ... Offenbar gefielen ihnen meine Fragen nicht; sie murrten, gaben aber keine Antwort. Ich fragte also meine Gefährtinnen, ihre Unwissenheit war Protest genug. Die Jüdinnen sagten noch, daß Gott es nicht nötig habe, zu träumen, denn jeder Traum sei ein Zeichen für einen Fehler, eine Schwäche ... Und doch war ich sicher, daß am Anfang ein Traum war. Ich war überzeugt, daß Gott vor der Schöpfung den Lauf der Welt im Traum gesehen hatte, daß er ihren Sinn und ihr Schicksal gebilligt hatte, selbst wenn seine eigenen Geschöpfe ihn verraten, ihm Leid zufügen würden. Trotz der Proteste der Jüdinnen und des Murrens meiner Priester hing ich immer noch an diesem Bild von einem träumenden Gott, dem Gott vor den berühmten sieben Tagen, dem Gott der wahren Liebe.

Aber wie sollte ich das diesen Leuten erklären? Sie wollten nicht verstehen, daß es die Schöpfung gab, weil da ein Traum gewesen war. Und wenn es einen Traum gegeben hatte, dann war da auch die Liebe ...

Unaussprechliche Liebe.

Am Anfang war die Liebe.

Am Anfang war ein Traum.

Und als der Traum sich als der Liebe unwürdig erwiesen hatte, gab es eine Irrfahrt.

Wenn eine Ordnung zu beschreiben war, dann diese. Zumindest konnte ich sie so wahrnehmen, denn nur in diesem Zusammenhang schien sie mir begreiflich; außerhalb von ihr hatte die Wirklichkeit der Dinge keine Konsistenz mehr. Zorn und Reue des Gottes der Juden haben weder seinen Traum noch seine Liebe zerstört, sonst hätte er Eva verflucht und nicht die Schlange. Dieser Brief, den ich nicht an dich richten wollte und der dich dennoch erreichen wird, spricht gegen meinen Willen zu dir von der Liebe, die ich träumte. Hätte ich ihn sonst schreiben können? Und Tyros, aus dem ich zu fliehen wagte, wird nicht aus Mangel an Liebe zugrunde gehen, wie manche Leute behaupten, es wird unter dem Gewicht böser Liebe zusammenbrechen. Trotz aller Raserei, allen Unglücks, wird die Liebe paradoxerweise das *primum mobile* bleiben. Was man die »Wirklichkeit der Dinge« nennt, kann also jenes unabänderliche Gesetz nicht vernichten, das die Liebe an den Anfang des Lebens gesetzt hat. Und wenn alle Wesen, von der winzigsten Ameise bis zum mächtigsten Staat, nach Vermehrung streben, dann weil sie von dieser Liebe getrieben werden.

Zumindest von der Eigenliebe.

In der Grammatik der Schöpfung konnte Gott keine Anakoluthie begehen, er hat weder das Subjekt der Liebe vergessen, noch ihr Objekt. Aber wir können nicht lieben, keiner hat es uns beigebracht. Wir haben zwar die Zahl und die Schrift erfunden, die Wissenschaft von den Sternen und von der See, die Null und den Handel, die Kunst des Krieges und der Orakel, Tempel und Senate, Heirat und Familie, Bücher und Reden, Theologie und Exegese, Geld und Elend, Kleidung und Scham, vergoldete Tabernakel und geschwätzige Heiligtümer, aber wir haben es unterlassen, ein Alphabet des Herzens zu schaffen. Trotz unserer hochtrabenden Zivilisiertheit bleiben wir Analphabeten. Und weil wir Analphabeten sind, werden wir verwundbar bleiben!

Ich weiß, schon sind wir nicht mehr.

Dieses »wir«, das mir auf der Zunge liegt, ist sicher alles andere als ein *pluralis majestatis*, in dem eine Königin gewöhnlich von sich spricht. Es ist das »wir« der Gemeinschaft: Das bist du, das bin ich, das ist Tyros und Phönizien. Und diese zweite Vergangenheit, in der ich jetzt gleich schreiben werde, ist nicht der Ausdruck von Heimweh (wer hätte Heimweh nach einer grausamen Geschichte!). Diese zweite Vergangenheit ist unser Schicksal, denn sicherlich wird auch Qart Hadasht einmal das zustoßen, was heute Tyros und Sidon zustößt: ein finsterer und brutaler Tod am Ende von so viel Kultur und Zivilisiertheit (vielleicht sind sie sogar der Grund für das Ende!). Schade um Ba'al Hammon! Schade um das Meer und die Schätze, die wir angehäuft haben. Wenn die Zeit anderen Gestaden als den unsrigen die Ehre erwiesen haben wird, dann wird uns keiner mehr eine Träne nachweinen. Wenn die zweite Vergangenheit aber unser Schicksal ist, dann wird sie auch unser Trost sein. Ein Feind wird nämlich den Tod auf unsere Häupter herabbeschwören, ein unversöhnlicher Haß wird gegen uns sein »Qart Hadasht muß vernichtet werden!«[33] ausrufen, und wir werden gewesen sein … zumindest werden wir geliebt und geträumt haben.

Das wird uns keiner nehmen können.

Vielleicht haben wir nur schlecht geträumt, einen dieser Träume gesehen, die das Bewußtsein verwirft und von denen sich der Tag entlastet. Vielleicht haben wir uns auch zu schlecht geliebt. Sind wir unsere eigenen Feinde gewesen, die schlimmsten?

Das Ende einer Gemeinschaft kündigt sich immer in einer Lüge an; kaum errichtet, beginnt Qart Hadasht schon zu lügen, leider! Ich beobachte die Vorbereitungen für diese »Hochzeit«, mein Volk hat alles organisiert, nichts als Ausflüchte und diese hundert kleinen Sünden, aus denen die Dekadenz besteht. Wer hätte uns Phöniziern das vorausgesagt: Die Priester waren mit den Spenderfamilien überfordert; nicht weil es zu viele gab, es gab überhaupt keine! Keiner phönizischen Familie waren die Götter nahe genug, daß sie ein Opfer verdienten … man redet sich heraus, sagt, die Stadt brauche alle ihre Kinder, die »unersättlichen Götter« (!) sollten sich mit ein paar Hammeln begnügen; im nächsten Jahr werde man dann weitersehen … Manchen Müttern wurde sogar von Priestern geholfen, ihr Neugeborenes zu verstecken, viele Säuglinge wurden nach Utica gebracht oder bei Afrikanern versteckt … es fanden sich sogar Senatoren, die kleine Neger opfern wollten, und gleichzeitig hätten sie ihren Göttern geschworen, es seien ihre eigenen Kinder! (Die Afrikaner werden sich eines Tages erheben …) An solchen Lügen, an solcher Gottlosigkeit werden wir ersticken. Der Feind wird nicht mit seiner Wut den Weg pflastern müssen; er wird sich unsere eigenen Laster zunutze machen, er wird sie gegen uns kehren.

Von meinem Zimmer aus sehe ich den Scheiterhaufen, den die Priester aufgeschichtet haben; er ist zu groß, sogar für eine phönizische Königin. Ich fürchte, ich bin das einzige Opfer, welches dieses Volk zu seiner eigenen Ehre hier darbringen wird. Eine Menge aus Negern drängt sich um das Feuer. Noch höre ich kein Raunen, meine Gefährten schlafen noch, obwohl sich die Morgenröte schon auflöst. Keine Phönizier am Rande des Tophet (ich suche in einer Wüste nach Tyriern …). Nur die Afrikaner haben der Nacht und ihrem Schlaf ein Ende gemacht. Ich habe gesehen, wie sie sich in kleinen Gruppen um das große Loch drängten. Sie haben Flöten und Trommeln mitgebracht, um die Hochzeit ihres Häuptlings zu feiern. Hiarbas ist noch nicht da. Wahrscheinlich war er zu einer letzten Jagd geladen, einem letzten männlichen Gesang oder einer anderen Eselei, von denen man hier behauptet, sie würden helfen, »das Junggesellenleben zu begraben« …

Er weiß nicht, daß er heute auch seine Eintagsbraut begraben wird.

Die Dämmerung löst sich auf. Leben kommt in den Palast. Ich höre, wie die Mädchen lachend zanken; sie hoffen, daß sie ihre Hochzeit mit der meinigen feiern können. Priester singen das Morgengebet. Andere versuchen sich an einem neuen Bittgesang an Tanit und Ba'al Hammon. Ohne große Inbrunst wiederholen sie: »Weil wir deine Stimme gehört haben, wirst du uns segnen.« Außerdem hört sich das eher wie ein Befehl an denn wie ein Gebet, sie halten den Segen wohl für eine abgemachte Sache?

Noch einmal betrachte ich das Bild *der Tod als Gehender*. Ich habe mich parfümiert. Ich bin bereit. Dennoch bleibt alles um mich fremd: diese purpurne Morgendämmerung, die dem Meer entsteigt, diese Erinnerung an die Schreie von Tyros, die ich nun beherrsche, dieser Scheiterhaufen aus Sandelholz, den ich vor dem Osttor der Stadt errichten ließ, und dieser Brief, den ich dir sende als einen letzten Kuß. Alles bleibt Paradox in den Augen der Königin auf Irrfahrt, zu der ich langsam wieder werde, als hätte mich die Nacht mit den Paradoxa des Ursprungs vereint. Schon kommt es mir vor, als beträfe mich diese Zeremonie gar nicht. Ich höre nicht mehr das Fest, das jetzt im Palast tobt. Ich lausche nicht mehr den von den Priestern heruntergebeteten Bittgesängen. Ich rieche nicht mehr das über meine Haare gegossene Parfüm. Meine Ohren nehmen nicht mehr die afrikanischen Gesänge auf, mit denen Hiarbas empfangen wird. Meine Augen verlieren sich auf dem Meer und seinen Wellen ohne jede Ordnung. Meine Sinne stolpern übereinander wie die Asche eines Phönix', dem die Wiedergeburt nicht gelingen will. Ich betrachte dieses Bild des Todes, und ich selbst bin nun diese primitive und schmerzliche Gravur. Ich bin schon der Tod bei seinem Gang. Ein anonymes Basrelief. Ein Kreis ohne Anfang. Ohne Ende. Ich bin Gang und Gehende. Traum und Träumer. Liebende und Liebe. Werk und Künstlerin. Bruch und Dauer. Stadt und Irrfahrt. Königreich und Niedergang der Könige. Ich bin eine paradoxe Hochzeit. Ich entströme meinem Körper. Er wird meiner unschuldig. Er lebt ohne mich, in einem Augenblick werde ich außerhalb von ihm sterben. Ich werde ein Lichtschein. Aber ich töte nicht die Liebe in mir, ich nehme sie mit. Und dieses Feuer wird Elissa nicht verzehren; es wird eine Geschichte verbrennen, damit ein Mythos geboren wird.

Niemand will diese Verwandlung zur Kenntnis nehmen. Niemand hier will den Lauf der Zeit voraussehen: Man macht sich an mir zu schaffen, als wäre ich noch in Fleisch und Blut anwesend. Die Frauen singen. Die Priester beten. Die Senatoren schmücken sich. Die Afrikaner frohlocken. Und mein Bräutigam streckt mir von weitem die Hand entgegen, als wäre ich eine Frau, die wirklich am Leben ist.

Niemand will mit einem Traum übereinstimmen, mit nichts als einem Traum. Und doch hat Gott selbst geträumt, auch wenn er später dann bereut hat ...

Aber konnte es anders sein?

Anmerkungen

1 Zitiert nach der Übersetzung aus dem Amerikanischen von Helmut Hilzheimer, die sich auf die Übersetzung aus dem Japanischen von Meredith Weatherby bezieht. Reinbek bei Hamburg, Rowohlt, 1964, S. 32. *Anmerkung des Übersetzers.*

2 Madeleine Hours-Miédan, *Carthage*, Paris, PUF, »Que sais-je?«, 5. Auflage 1982, S. 19.

3 Später wird man Karthago »Byrsa« nennen, was »Haut« heißt.

4 Phönizische Dynastie, aus der Elissa und Pygmalion hervorgegangen sind.

5 Karthagische Göttin.

6 Nach der Legende wurde Pygmalion von seiner Frau Astarbe oder Astarte vergiftet. *Anmerkung des Übersetzers.*

7 Das heutige Cadíz.

8 Das heutige Soussa.

9 Von den Phöniziern angebetete Steine. Der Mythologie zufolge sollen sie vom Mond herabgefallen sein.

10 Hafen in Libyen.

11 Columella, *De re rustica*, XII, 39, 1-2. Zitiert nach Sabatino Moscati, *Die Karthager*, Stuttgart u. Zürich 1984, S.258. Die Zubereitung des Weins geht auf den karthagischen Agronom Mago zurück. *Anmerkung des Übersetzers.*

12 Ägyptische Totengöttin.

13 Grabstätte der Phönizier.

14 So nannten die Punier ihren Gott.

15 So nennen heute die Bürger mancher arabischen Städte die Bauern, die durch Landflucht in die Metropolen getrieben werden.

16 Menschenopfer der Phönizier, wobei vor allem Neugeborene betroffen waren. In Karthago wurde diese Tradition im dritten Jahrhundert vor Christus aufgegeben.

17 Beispielsweise zeichnen die Bibel (der Prophet Hesekiel) und viele römische Historiker dieses Bild von Phöniziern. Siehe u.a.: Donald Harden, *The Phoenicians*, London, Thames & Hudson.

18 Wörtlich: Neue Stadt. Punischer Name für Karthago.

19 Universelle Gottheiten der Phönizier.

20 Gott der »Sphären des Himmels«.

21 Gott der »Heiligen Berge«.

22 Anderer Name für Ba'al Hammon, den obersten Gott von Karthago.

23 Eine Göttin, die für Karthago typisch ist. In Phönizien war sie nicht bekannt.

24 Siehe hierzu das hervorragende Buch von François Decret, *Carthage ou l'empire de la mer*. Paris, Seuil, 1977, S. 70 ff.

25 Der Vorfahre des Kriegers Hamilkar

26 Aus der Genesis, 1. Buch Mose.

27 Eva kommt vom hebräischen Havva = das Leben.

28 Im Alten Testament gibt Adam Eva einen Namen: »Adam hieß sein Weib Eva, darum, daß sie eine Mutter ist aller Lebendigen.«

29 Wäre Antigone zu »westlich« für die Orientalin Elissa?

30 *Icha* = hebräisch Frau ist die weibliche Form von *ich* = Mann

31 Geben Sie zu, daß mit »Dido« mein Name nur schlecht übersetzt ist ...

32 Assyrisches Basrelief, das in einem deutschen Museum zu sehen ist.

33 Jenes berühmte »ceterum censeo cartaginem esse delendam«, das der Römer Cato fünf Jahrhunderte später aussprechen wird ...